D1132552

SANGRE DE MONSTRUO

Escalofríos

SANGRE DE MONSTRUO

R.L. STINE

AN
APPLE
PAPERBACK

SCHOLASTIC INC.
New York Toronto London Auckland Sydney

A PARACHUTE PRESS BOOK

Traducción:
María Mercedes Correa

ISBN 0-590-50209-3

12 11 10 9 8 7   123/0

Printed in the U.S.A.   40

First Scholastic printing, November 1995

Original title: Monster Blood

SANGRE DE MONSTRUO

1

—No quiero quedarme aquí. Por favor, no me dejes aquí —Evan Ross apretó la mano de su madre, tratando de alejarla de la escalera de entrada de la pequeña casita de tejas grises. La señora Ross miró a Evan con impaciencia.

—Evan, ya tienes doce años. No actúes como un bebé —le dijo, y le soltó la mano.

—¡*Odio* que me digas eso! —exclamó Evan furioso y cruzó los brazos.

La señora Ross suavizó su expresión y pasó tiernamente la mano por entre el cabello rojo y ensortijado de Evan.

—¡También *odio* que me hagas eso! —exclamó Evan alejándose de ella, al mismo tiempo que tropezaba con una baldosa rota del piso.

—¡Odio que me toques el pelo!

—Entonces me odias —dijo su mamá encogiéndose de hombros. Luego subió los dos escalones y llamó a la puerta principal.

—De todos modos debes quedarte aquí hasta que yo regrese.

—¿Por qué no puedo ir contigo? —exigió Evan con los brazos todavía cruzados—. Dame aunque sea una buena razón.

—Tienes los zapatos desamarrados —replicó la mamá.

—¿Y qué? —preguntó Evan con desconsuelo—. Me gustan así.

—Te vas a caer —le advirtió.

—Mamá —dijo Evan mirándola con exasperación—, ¿alguna vez has visto a *alguien* caerse por tener los zapatos desamarrados?

—Bueno... no —admitió su madre. En su cara bonita se dibujaba una sonrisa.

—Lo que quieres es cambiar el tema —dijo Evan sin devolverle la sonrisa—. Vas a dejarme aquí unas cuantas semanas con una anciana horrible y...

—Evan... ¡ya basta! —exclamó la señora Ross echando hacia atrás su cabello rubio—. Katheryn no es una anciana horrible. Es la tía de tu papá, tu tía abuela. Y es...

—Una perfecta desconocida —gritó Evan. Sabía que ella estaba empezando a desesperarse pero no le importaba. ¿Cómo podría su mamá hacerle esto? ¿Cómo podría dejarlo con una señora de edad a quien no había visto desde los dos años? ¿Qué iba a hacer aquí hasta que su madre regresara?

2

—Evan, ya hemos hablado de esto mil veces —dijo su madre impacientemente mientras llamaba de nuevo a la puerta—. Ésta es una emergencia familiar. Realmente espero que colabores un poco más.

Trigger, el perro cocker spaniel de Evan, ahogó las palabras de la señora Ross cuando sacó su cabeza por la ventanilla de atrás del auto que habían arrendado, y comenzó a aullar y a ladrar.

—¡Ahora *él* también me complica las cosas! —exclamó la señora Ross.

—¿Lo puedo dejar salir? —preguntó ansiosamente Evan.

—Sí, creo que es lo mejor —contestó su madre—. Trigger está tan viejo que le podría dar un infarto allá adentro. Lo único que espero es que no aterrorice a Katheryn.

—¡Ya voy, Trigger! —le gritó Evan.

Evan corrió hasta el camino de piedrecitas y abrió la portezuela del automóvil. Trigger saltó con un ladrido de alegría y comenzó a correr en círculos por el pequeño jardín de la casa de Katheryn.

—No parece que tuviera doce años —dijo Evan mientras miraba al perro corretear, y sonrió por primera vez en ese día.

—Mira, Trigger te hará compañía —dijo la señora Ross, dirigiéndose de nuevo hacia la puerta de la casa—. Yo volveré de Atlanta muy pronto. Máximo en un par de semanas. Estoy segura de

3

que tu papá y yo podremos encontrar una casa en ese tiempo. Cuando volvamos ni te habrás dado cuenta de que nos fuimos.

—Sí, claro —dijo Evan con sarcasmo.

El sol se escondió detrás de una nube densa. Una sombra se dibujó sobre el jardincito. Trigger se cansó pronto de correr y regresó jadeando, con la lengua colgándole casi hasta el suelo. Evan se inclinó y acarició el lomo del animal.

El muchacho miró hacia la casa gris, mientras que su madre llamaba nuevamente a la puerta principal. La casa se veía oscura y poco acogedora. Las cortinas del segundo piso estaban cerradas. Uno de los postigos de las ventanas se había desprendido y colgaba formando un extraño ángulo.

—Mamá, ¿para qué llamas? —preguntó Evan metiendo las manos dentro de los bolsillos de sus *jeans*—. Tú dijiste que la tía Katheryn estaba totalmente sorda.

—Ah —dijo un poco sonrojada la señora Ross—. Evan, me hiciste disgustar tanto con todas tus quejas que lo olvidé por completo. *Por supuesto* que no nos puede escuchar.

"¿Cómo voy a poder estar dos semanas con una anciana que ni siquiera me puede oír?", pensó Evan desconsolado.

Recordó la conversación que les había oído a sus padres hacía un par de semanas, cuando estaban planeando todo, sentados uno frente al otro en la mesa de la cocina. Ellos creían que Evan estaba en el jardín. Pero en realidad estaba escuchando detrás de la pared de la cocina.

Oyó que su padre no estaba seguro de dejar a Evan con Katheryn.

—Es una anciana muy obstinada —dijo el señor Ross—. Imagínate: sorda durante veinte años y no ha querido aprender el lenguaje de señas o a leer los labios. ¿Cómo va a poder cuidar a Evan?

—Te cuidó bien a *ti* cuando eras un niño —argumentó la señora Ross.

—Eso fue hace treinta años —protestó el señor Ross.

—Pues no tenemos otra alternativa —escuchó Evan decir a su madre—. No hay nadie más con quién dejarlo. Todo el mundo está de vacaciones. Tú sabes que agosto es el peor mes para que a uno lo transfieran a Atlanta.

—Bueno, pues, ¡discúuulpame! —dijo con sarcasmo el señor Ross—. En fin, en fin. Se acabó la discusión. Tú estás absolutamente en lo cierto, querida. No tenemos otra alternativa. Katheryn será. Tú le llevas a Evan y luego vuelas a Atlanta.

—Será una buena experiencia para él —escuchó Evan decir a su mamá—. Necesita aprender a manejar situaciones difíciles.

—Muy bien. Ya dije que estaba bien —dijo impacientemente el señor Ross—. ¡Listo! Evan estará bien. Katheryn es un poco extraña, pero perfectamente inofensiva.

Evan escuchó cómo las sillas de la cocina se

arrastraban sobre el piso de linóleo, lo cual era señal de que sus padres se levantaban y que la discusión había terminado.

Su suerte estaba echada. Sin hacer ruido, salió por la puerta del frente y dio la vuelta hasta el jardín de atrás de la casa para pensar acerca de lo que acababa de escuchar.

Se recostó contra un grueso tronco de arce que lo tapaba de tal modo que no podía ser visto desde la casa. Era su lugar favorito para pensar.

¿Por qué sus padres nunca lo incluían a *él* en sus discusiones? Si iban a hablar sobre dejarlo con una tía anciana a quien él no había visto nunca, ¿por qué no podía participar? Él siempre se enteraba de todas las noticias importantes de la familia escuchando detrás de las puertas. Eso no le parecía bien.

Evan recogió una ramita y golpeó con ella el tronco del árbol.

La tía Katheryn era rara. Eso era lo que su papá había dicho. Tan rara que su papá no quería dejarlo con ella.

Pero no tenían otra alternativa. No había alternativa.

"Tal vez cambien de parecer y me lleven con ellos a Atlanta", pensó Evan. "Tal vez se den cuenta de que no me pueden hacerme esto *a mí*".

Pero ahora, dos semanas más tarde, estaba allí delante de la casa gris de la tía Katheryn, sintiéndose muy nervioso, mirando fijamente la maleta marrón, con todas sus pertenencias, en la escalera, al lado de su madre.

"No hay por qué tener miedo —se decía a sí mismo para tranquilizarse—. Van a ser sólo dos semanas. Tal vez menos".

Pero luego las palabras le salieron de la boca sin pensar:

—Mamá, ¿y si la tía Katheryn es mala?

—¿Ah?

La pregunta tomó a su madre por sorpresa.

—¿Mala? ¿Por qué sería mala, Evan?

Mientras ella decía esto y le daba la espalda a Evan, se abrió la puerta de la casa y la tía Katheryn, una mujer grande con el cabello asombrosamente negro, apareció en la entrada.

Evan miró aterrado más allá de su madre y vio el cuchillo que la tía Katheryn tenía en la mano. Y también vio que la hoja del cuchillo tenía algunas gotas de sangre.

2

Trigger levantó la cabeza y comenzó a ladrar apoyado sobre sus patas traseras. Con cada ladrido daba un pequeño salto hacia atrás.

Asustada, la madre de Evan dio media vuelta y casi tropezó con la escalinata de la entrada.

Evan miró el cuchillo, horrorizado y en silencio.

Sobre la cara de Katheryn se dibujó una sonrisa, y a continuación abrió la puerta de tela metálica con la mano libre.

No era como Evan se la había imaginado. Pensó que sería una anciana pequeña, frágil y con el cabello blanco. Pero Katheryn era grande, muy robusta, de hombros anchos.

Tenía puesto un vestido casero, color durazno, y el cabello negro y liso, amarrado en la nuca con una cola de caballo que colgaba sobre su espalda. No usaba maquillaje; sólo los ojos grandes, redondos y azules como el acero, resaltaban en el rostro pálido que parecía desvanecerse entre la cabellera oscura.

—Estaba cortando la carne —dijo con una voz asombrosamente gruesa, mientras movía el cuchillo de un lado para otro. Miró fijamente a Evan—. ¿Te gusta la carne de res?

—Eh... sí —musitó Evan, con el pecho todavía oprimido por el susto de verla aparecer con el cuchillo levantado.

Katheryn mantuvo abierta la puerta de tela metálica, pero ni Evan ni su madre hicieron el más mínimo movimiento para entrar.

—Es un niño grande —dijo Katheryn a la señora Ross—. No como su padre. Yo le decía "pollito" a su padre, porque era chiquito como un pollito.

Katheryn se rió como si hubiese contado un chiste buenísimo.

La señora Ross levantó la maleta de Evan y lo miró rápidamente.

—Sí... es grande —dijo.

En realidad Evan era uno de los niños más pequeños de su clase. No importaba cuánto comiera, siempre parecía "tan flaco como un espagueti", como le gustaba decir a su padre.

—No me tienes que responder —dijo Katheryn, mientras se hacía a un lado para que la señora Ross pudiera entrar con la maleta—. No te puedo oír.

Su voz era muy profunda, tanto que parecía de hombre; ella hablaba claro, sin aquella pronunciación característica de algunas personas sordas.

Evan siguió a su madre hacia el recibidor de la casa, mientras que Trigger le mordisqueba los tobillos.

—¿No podrías callar a ese perro? —exigió su madre.

—No importa, mamá, no puede oírlo —replicó Evan mientras se acercaba a su tía, quien se dirigió a la cocina a llevar el cuchillo.

Katheryn regresó después de unos pocos segundos, con los labios apretados y los ojos fijos en Evan, como escrutándolo.

—Así que te gusta la carne de res —repitió. Él asintió.

—Bien —dijo ella, muy seria—. Yo solía prepararle carne a tu padre, pero él siempre quería pastel.

—¿Qué clase de pastel? —preguntó Evan, y se sonrojó al recordar que Katheryn no podía escucharlo.

—¿Entonces es un buen chico? ¿No es un buscapleitos? —le preguntó Katheryn a la madre de Evan.

La señora Ross asintió mirando a Evan. Luego preguntó:

—¿Dónde podemos dejar esta maleta?

—Con sólo mirarlo puedo afirmar que es un buen chico —dijo Katheryn. Se acercó a Evan y le levantó la cara por la barbilla, examinándolo cuidadosamente con la mirada.

—Un chico buen mozo —dijo apretándole la barbilla—. ¿Le gustan las niñas?

Apretándole aún la barbilla, Katheryn acercó su cara a la de Evan.

—¿Tienes novia? —preguntó. Le acercó tanto el rostro que Evan pudo oler su aliento ácido.

Evan dio un paso hacia atrás con un gesto de incomodidad.

—La verdad es que no.

—¿Sí? —exclamó Katheryn, gritándole al oído—. ¿Sí? ¡Lo sabía!

La tía rió entusiasmada, mientras volvía la vista hacia la madre de Evan.

—¿Y la maleta? —dijo la señora Ross mientras levantaba la valija.

—Le gustan las chicas, ¿ah? —repitió Katheryn aún riendo—. Lo supuse. Tal como a tu padre. A tu padre siempre le gustaron las niñas.

Evan se dio vuelta, desesperado, hacia su madre.

—Mamá, no puedo quedarme aquí —susurró a pesar de que Katheryn no podía escucharlo—. Por favor, no me obligues.

—Silencio —susurró también su madre—. Ella no te molestará. Te lo prometo. Lo que quiere es hacerse amiga tuya.

—Le gustan las niñas —repitió Katheryn, fijando sus helados ojos azules en él, y nuevamente acercó su cara a la de Evan.

—¡Mamá, su aliento es como el de Trigger! —exclamó tristemente Evan.

—¡Evan! —gritó la señora Ross con disgusto—. ¡Basta ya! Debes colaborar.

—Te voy a preparar un pastel —dijo Katheryn, jalándose la gruesa cola de caballo con una de sus enormes manos—. ¿Te gustaría estirar la masa? Te apuesto a que sí. ¿Qué te dijo tu padre acerca de mí, Evan?

La tía hizo un guiño a la señora Ross.

—¿Te dijo que yo era una vieja bruja aterradora?

—No —protestó Evan, mientras miraba a su madre.

—¡Pues bien, sí lo soy! —declaró Katheryn, y se puso a reír nuevamente con aquella risa ronca.

Trigger aprovechó ese momento para comenzar a ladrar ferozmente y saltar cerca de la tía abuela de Evan. Ella lo miró fijamente, entrecerrando los ojos y adoptando una expresión rígida.

—¡Ten cuidado, o si no te pondremos dentro del pastel, perrito! —exclamó ella.

Trigger ladró con más fuerza y se lanzó con energía contra la mujer, pero inmediatamente se retiró y comenzó a mover su pedacito de cola de un lado para otro con frenesí.

—Lo echaremos en el pastel, ¿cierto, Evan? —repitió Katheryn, y apoyó una de sus manazas sobre el hombro de Evan y apretó fuertemente hasta que el chico se retorció de dolor.

—Mamá —le rogó Evan cuando finalmente lo soltó y se dirigió hacia la cocina—. Mamá, por favor.

—Así es su sentido del humor, Evan —dijo vacilando la señora Ross—. Ella no tiene malas intenciones. En serio. Te va a preparar un pastel.

—¡Pero yo no quiero ningun pastel! —gimió Evan—. ¡No me gusta este lugar, mamá! Ella me lastimó. Me apretó el hombro demasiado fuerte.

—Evan, estoy segura de que ella no tenía la intención de hacerte daño. Sólo estaba tratando de bromear contigo. Ella quiere agradarte. Dale una oportunidad, ¿de acuerdo?

Evan iba a comenzar a protestar, pero lo pensó mejor.

—Cuento contigo —continuó su madre, mientras volvía a mirar hacia la cocina. Ambos podían ver a Katheryn de espaldas, cortando algo con el cuchillo de cocina.

—Es que ella es muy... ¡rara! —protestó Evan.

—Escúchame, Evan... comprendo cómo te sientes —dijo su madre—. Pero no tienes que estar todo el tiempo con ella. Hay muchos chicos en este vecindario. Lleva a Trigger a dar un paseo. Te apuesto a que encontrarás niños de tu edad. Ella es una mujer mayor, Evan. A ella no le gustaría que estuvieses todo el tiempo a su lado.

—Me imagino —musitó Evan.

De pronto su madre se le acercó y le dio un

abrazo, apretándose contra su mejilla. Él sabía que ese abrazo debía alentarlo, pero en lugar de eso se sintió peor.

—Cuento contigo —le repitió su madre al oído.

Evan decidió afrontar la situación con más valor.

—Te ayudaré a subir la maleta a mi habitación —dijo él.

La subieron a través de la angosta escalera. Su habitación era en realidad un estudio. Sobre las paredes se alineaban estantes llenos de viejos libros empastados. En medio de la habitación había un gran escritorio de ébano. Un estrecho catre había sido tendido bajo la única ventana, que tenía una cortina.

La ventana daba al jardín interior. El jardín era un largo rectángulo verde con un garaje de tejas grises ubicado al lado izquierdo; a la derecha había una cerca de estacas altas y blancas. Una pequeña área cercada se extendía en el prado. Parecía una especie de corral para perros.

La habitación olía a húmedo. Un fuerte olor a naftalina invadió la nariz de Evan.

Trigger estornudó mientras se retorcía en el piso, patas arriba.

Evan pensó que Trigger tampoco soportaba este lugar, pero se guardó sus pensamientos y le sonrió valientemente a su madre. Ella desempacó rápidamente la maleta, mirando nerviosamente el reloj.

—Estoy atrasada. No quiero perder el avión —dijo. Le dio otro abrazo, más largo esta vez. Luego sacó un billete de diez dólares y lo puso dentro del bolsillo de la camisa de Evan.

—Cómprate alguna cosa rica. Pórtate bien. Regresaré tan pronto como pueda.

—Está bien, adiós —dijo Evan, y sintió que se le oprimía el pecho; tenía la garganta seca como estopa. La fragancia del perfume de su madre ahogó momentáneamente el olor del veneno para polillas.

No quería que su mamá se fuera. Tenía un mal presentimiento.

"Estás asustado", se dijo a sí mismo a manera de reproche.

—Te llamaré desde Atlanta —le gritó su madre mientras desaparecía por las escaleras para despedirse de Katheryn.

El perfume desapareció.

El olor a naftalina volvió.

Trigger emitió un suave aullido, como si supiera qué sucedía, como si supiera que habían sido abandonados en esta casa extraña con una anciana igualmente extraña.

Evan alzó a Trigger y frotó su nariz contra la nariz fría del perro. Lo puso nuevamente sobre la alfombra y se dirigió hacia la ventana.

Permaneció en este lugar un rato largo, sosteniendo a un lado la cortina, mirando fijamente el prado, tratando de calmar la opresión que sentía en el pecho. Después de unos minutos escuchó el ruido del auto de su madre que retrocedía sobre las piedrecitas del camino de entrada. Luego lo sintió alejarse.

Cuando ya no lo podía oír, suspiró y se dejó caer sobre el catre.

—Ahora sólo estamos tú y yo, Trigger —dijo tristemente.

Trigger estaba atareado olfateando con persistencia debajo de la puerta.

Evan miró con detenimiento los libros en la pared.

—¿Qué voy a hacer aquí todo el día? —se preguntó, recostando su cabeza sobre los brazos. Sin Nintendo. Sin computadora. Ni siquiera había visto un televisor en la casa de su tía abuela—. ¿Qué voy a hacer?

Suspiró de nuevo, se recuperó un poco y caminó al lado de los estantes de libros, revisando los títulos. Habían muchos textos y libros de ciencias. Libros sobre biología, astronomía, antiguo Egipto, textos de química y libros sobre medicina. Algunos estantes estaban llenos de libros amarillentos y empolvados. Quizás el esposo de Katheryn, el tío abuelo de Evan, había sido una especie de científico.

"No hay nada aquí que yo pueda leer", pensó tristemente.

Abrió la puerta del clóset.

—¡Ay! —gritó al ver que algo se le venía encima—. ¡Auxilio! ¡Por favor, auxilio!

Todo se puso negro.

—¡Auxilio! ¡No veo nada! —gritó Evan.

3

Evan se tambaleó hacia atrás, mientras que aquella cosa tibia y oscura se deslizaba lentamente hacia él.

Le tomó unos segundos darse cuenta de qué se trataba.

Con el corazón palpitándole todavía fuertemente en el pecho, agarró al gato negro que chillaba y se lo quitó de la cara.

El gato cayó silenciosamente al piso y corrió hacia la puerta. Evan dio media vuelta y enseguida vio a Katheryn parada allí, con un gesto de diversión en su cara.

"¿Cuánto hará que está parada allí?", se preguntó.

—Sarabeth, ¿cómo te metiste allá? —le preguntó la tía al gato en tono de regaño juguetón, inclinándose para hablarle—. Debiste darle un buen susto al muchacho.

El gato maulló y se enroscó en las piernas desnudas de Katheryn.

—¿Te asustó Sarabeth? —le preguntó Katheryn a Evan, aún sonriendo—. Esa gata tiene un extraño sentido del humor. Ella es mala. Muy mala.

La mujer se reía como si hubiese dicho algo gracioso.

—Estoy bien —dijo Evan, no muy seguro.

—Ten cuidado con Sarabeth. Ella es mala —repitió Katheryn. Se inclinó para levantar del piso a la gata, tomándola por el pellejo del cuello, y la sostuvo en alto, frente a su cara.

—Mala, mala, mala.

Cuando Trigger vio a la gata suspendida en alto emitió un desconsolado aullido. Comenzó a agitar su colita mientras saltaba hacia ella, ladrando y chillando hasta que logró morder la cola de Sarabeth.

—¡Abajo, Trigger! ¡Abajo! —exclamó Evan.

La gata maullaba aterrorizada; le clavó las uñas a Katheryn cuando intentó soltarse de sus manos. Evan intentaba retirar al nervioso cocker spaniel, pero Trigger continuaba ladrando y saltando.

Finalmente Evan logró detener a Trigger; la gata saltó al piso y desapareció por la puerta.

—Perro tonto, tonto —le susurró Evan. Pero realmente no lo creía así. Se alegraba de que Trigger hubiera ahuyentado a la gata.

Alzó la mirada hacia Katheryn, que aún se encontraba parada en la puerta y lo miraba seriamente.

—Trae al perro —dijo ella en voz baja, entornando los ojos y apretando sus labios pálidos.

—¿Cómo? —dijo Evan estrechando fuertemente a su perro.

—Trae al perro —repitió fríamente Katheryn—. No podemos tener un par de animales peleando en esta casa.

—Pero, tía Katheryn... —comenzó a rogar Evan, pero recordó que ella no podía escucharlo.

—Sarabeth es mala —dijo Katheryn, sin suavizar su expresión—. No la podemos exasperar, ¿no crees?

La tía dio media vuelta y se dirigió hacia las escaleras.

—Trae al perro, Evan.

Evan sostenía con firmeza al perro por los hombros y dudaba entre obedecer a la tía o no.

—Debo hacerme cargo del perro —dijo Katheryn con mucha decisión—. Ven.

Repentinamente Evan se llenó de miedo. ¿Qué quería decir ella con aquello de *encargarse* del perro?

Vino a su mente la escena de Katheryn parada en la puerta de la cocina con el cuchillo en la mano cubierto de sangre.

—Trae al perro —insistió Katheryn.

A Evan le faltó el aire. ¿Qué iba a *hacer* ella con Trigger?

4

Me encargaré de ti, perrito —repitió Katheryn mientras le fruncía el ceño a Trigger. El perro le respondió con un gemido.

—Ven, Evan. Sígueme —dijo ella con impaciencia.

Cuando Evan se dio cuenta de que no tenía alternativa, obedientemente llevó a Trigger al primer piso y siguió a su tía hasta el jardín de atrás de la casa.

—Estoy preparada —dijo ella, mientras se volvía para asegurarse de que Evan la seguía.

No obstante su avanzada edad —debía tener al menos ochenta años— la tía caminaba con pasos largos y firmes.

—Sabía que traerías un perro, y por eso decidí estar preparada.

Trigger lamía la mano de Evan mientras caminaban a través del jardín posterior, en dirección a la zona cercada.

—Éste es un sitio especial para tu perro —dijo

Katheryn, extendiendo una mano para asir uno de los extremos de la cuerda que cerraba el área.

—Átale esto al collar, Evan. Tu perro se divertirá aquí.

La tía lanzó a Trigger una mirada de censura.

—Así no habrá problemas con Sarabeth.

Evan se alivió de saber que eso era lo único que Katheryn le iba a hacer a Trigger. Pero no quería dejar a su perro atado en esta prisión en el jardín. Trigger era un perro casero. No se encontraría a gusto solo ahí afuera.

Evan sabía que no había modo de discutir eso con su tía. Pensó que Katheryn se iba a salir con la suya, mientras amarraba la cuerda al collar de Trigger. Como nunca quiso aprender el lenguaje de signos ni a leer los labios, sabía que podía hacer lo que ella quisiera y nadie podría contradecirla.

Evan se inclinó, le hizo una caricia a Trigger en la cabeza y luego miró a la anciana. Ella tenía los brazos cruzados a la altura del pecho, sus ojos azules brillaban intensamente y lucía una sonrisa triunfal en el rostro.

—Muy juicioso —dijo ella, mientras esperaba que Evan se pusiera de pie para regresar a la casa—. Lo supe cuando te vi. Ven a la casa, Evan. Tengo galletas y leche. Las vas a disfrutar. Sus palabras eran amables, aunque su voz era dura y fría.

Trigger dio un triste aullido cuando Evan siguió a Katheryn a la casa. Evan intentó darse vuelta para regresar y tranquilizar al perro, pero Katheryn le agarró la mano con un apretón férreo y lo llevó directamente hasta la casa.

La cocina era pequeña, atestada de cosas. Katheryn le hizo señas a Evan para que se sentara en una pequeña mesa cerca de la pared. La mesa estaba cubierta con un mantel de plástico a cuadros. La tía frunció el ceño y miró al chico inquisitivamente, mientras él devoraba la merienda.

Evan se comió las galletas de avena y pasas con la leche, oyendo cómo aullaba Trigger en el jardín. La avena con pasas no era su bocado predilecto, pero se sorprendió al descubrir que tenía hambre. Mientras se comía las galletas, Katheryn, cerca de la puerta, lo miraba fijamente, con aquella expresión dura en su rostro.

—Voy a llevar a Trigger a dar un paseo —anunció Evan, mientras se limpiaba el bigote de leche con una servilleta de papel que la tía le había dado.

Katheryn alzó los hombros y arrugó la cara.

"Ah, cierto, no puede oírme", pensó Evan. Se acercó a la ventana de la cocina y señaló hacia donde se encontraba Trigger; con dos dedos hizo el ademán de caminar con ellos. Katheryn asintió.

"Esto va a estar difícil", pensó Evan.

El chico se despidió agitando la mano y luego corrió hacia el jardín para liberar a Trigger.

Minutos después, Trigger tiraba de la correa y olfateaba las flores a lo largo de la acera a medida que Evan se alejaba por la calle. Las otras casas del vecindario eran del mismo tamaño de la de Katheryn. También tenían jardines con el césped bien cortado.

Vio algunos niños pequeños jugando alrededor de un sauce. También vio a un hombre de mediana edad, con un bañador amarillo, que lavaba el auto con la manguera del jardín. No vio niños de su edad.

Trigger le ladró a una ardilla, dio un tirón y zafó la correa de la mano de Evan.

—¡Oye, vuelve acá! —gritó Evan. Trigger, desobediente como siempre, salió corriendo detrás de la ardilla.

La ardilla trepó hábilmente por el tronco de un árbol. A Trigger le falló la vista a causa de su edad y siguió de largo, empeñado en su persecución.

Evan corrió a toda velocidad gritando el nombre del perro, hasta que finalmente Trigger se dio cuenta de que había perdido la carrera.

Respirando con dificultad, Evan agarró la correa.

—Te atrapé —dijo. Le dio un tirón a la correa e intentó guiar al perro jadeante a la calle de Katheryn.

Trigger, en su afán de olfatear el tronco oscuro de un árbol, caminaba en dirección opuesta. Evan estaba a punto de alzar al perro cuando una mano sobre su hombro lo hizo sobresaltar.

—Oye, ¿y tú quién eres? —le preguntó una voz.

5

Evan giró sobre sus talones y se encontró a una niña parada detrás de él, mirándolo con unos grandes ojos marrones.

—¿Por qué me sujetas de ese modo? —le preguntó. Su corazón latía aún apresuradamente.

—Para asustarte —dijo ella sencillamente.

—¿Sí? Pues... —y Evan se encogió de hombros. Trigger dio un fuerte tirón a la correa y casi lo hizo caer.

La niña se rió.

Es bonita, pensó Evan. Tenía el cabello corto y ondulado, casi negro, ojos castaños brillantes y una sonrisa juguetona. Llevaba puesta una camiseta amarilla extra grande, sobre pantalones negros, y zapatos deportivos de color amarillo brillante.

—Bueno, ¿y tú quién eres? —le preguntó ella nuevamente.

Estaba seguro de que no era la típica niña tímida.

—Yo soy yo —dijo, mientras permitía que Trigger diera vueltas alrededor del árbol.

—¿Vives en la casa Winterhalter? —preguntó ella, siguiéndolo.

Él sacudió la cabeza.

—No, sólo estoy de visita.

Ella frunció el ceño con disgusto.

—Por un par de semanas —agregó Evan—. Me estoy quedando con mi tía. En realidad, ella es mi tía abuela.

—¿Y es simpática? —preguntó ella.

—¡Qué va! —replicó Evan sin sonreír—. En absoluto.

Trigger husmeó un insecto color café en una hoja.

—¿Ésta es tu bicicleta? —preguntó Evan, y señaló la BMX roja que estaba sobre el césped, detrás de ella.

—Sí —respondió.

—Es buenísima —dijo él—. Yo tengo una como ésta.

—A mí me gusta tu perro —dijo la niña mirando a Trigger—. Se ve que es realmente tonto. A mí me gustan los perros tontos.

—Pues yo creo que a mí también —dijo Evan riéndose.

—¿Cómo se llama? ¿También tiene un nombre tonto?

La niña se inclinó para acariciar el lomo de Trigger, pero el perro se asustó.

—Se llama Trigger —dijo Evan, y esperó su reacción.

—Sí. Es un poco tonto —dijo ella pensativamente—. Especialmente para un cocker spaniel.

—Gracias —dijo Evan un poco inseguro.

Trigger se dio vuelta para olfatear la mano de la niña; agitaba la cola y la lengua le colgaba hasta el suelo.

—Yo también tengo un nombre ridículo —admitió la niña. Y esperó a que Evan se lo preguntara.

—¿Cómo es? —dijo finalmente él.

—Andrea.

—Ése no es un nombre ridículo.

—Lo detesto —dijo ella mientras se quitaba una hojita de césped de las medias—. Andreeeeea.

Pronunció el nombre con una voz grave y educada.

—Suena tan rimbombante que pienso que debería vestirme con una falda de pana y blusa de encaje y caminar con un poodle miniatura. Por eso hago que me llamen Andy.

—¡Hola!, Andy —dijo Evan y acarició a Trigger—. Yo me llamo...

—¡No me lo digas! —interrumpió ella, tapándole la boca con su tibia mano.

"Definitivamente *no es nada* tímida", pensó Evan.

—Déjame adivinar —dijo ella—. ¿También es un nombre ridículo?

—Sí —aseguró él—. Es Evan. Evan, el Tonto.
Ella se rió.

—Ése sí que es un nombre ridículo.

Él se alegró de haberla hecho reír y se dio
cuenta de que ella lo había reanimado. En su vecindario, muchas niñas no entendían su sentido
del humor. Pensaban que él era tonto.

—¿Qué haces por aquí? —preguntó Andy.

—Saqué a Trigger a pasear, y de paso exploro
el vecindario.

—Es muy aburrido —dijo ella—. Sólo un poco
de casas. ¿Quieres ir al centro? Está a unas pocas
cuadras.

Andy señalo calle abajo.

Evan dudó. No le había dicho a su tía que iría
al centro. Pero, ¡qué diablos! A ella no le importaría.

Además, ¿qué podría ocurrir?

6

—De acuerdo —dijo Evan—. Vamos a conocer el centro.

—Tengo que ir a una juguetería a buscar un regalo para mi primo —dijo Andy, levantando la bicicleta por el manubrio.

—¿Cuántos años tienes? —le preguntó Evan, jalando a Trigger hacia la calle.

—Doce.

—Yo también —dijo él—. ¿Puedo montar un poco en tu bici?

Ella agitó la cabeza mientras se montaba.

—No. Pero puedes correr a mi lado —dijo riéndose.

—Eres muy amable —dijo él sarcásticamente, apurándose para alcanzarla.

—Y tú eres bobo —gritó ella alegremente.

—¡Oye, *Andreeeeea*, espera! —gritó, alargando el nombre para molestarla.

Pocas calles después se terminaron las casas y llegaron al centro, que consistía en unas tres cuadras de oficinas y tiendas de pocos pisos. Evan vio una pequeña oficina de correos, una peluquería con un antiguo cilindro de aviso al frente, una tienda de víveres, un autobanco, una ferretería con un aviso muy grande en la vidriera que anunciaba una rebaja de semillas para pájaros.

—La juguetería está en la próxima cuadra —dijo Andy, caminando al lado de su bicicleta, sobre la acera. Evan acortó la correa de Trigger, para obligarlo a mantener su paso.

—Realmente hay dos jugueterías, una nueva y una vieja. Me gusta más la vieja.

—Vamos a verla —dijo Evan, mientras examinaba la vidriera del almacén de vídeos en la esquina.

"¿Tendrá la tía Katheryn grabadora de vídeo? —pensó Evan. Pronto desechó la idea—: Imposible..."

La juguetería estaba en un edificio antiguo que no había sido pintado en muchos años. Un pequeño letrero escrito a mano en la vidriera empolvada, decía: TIENDA WAGNER – ARTÍCULOS A BAJOS PRECIOS. No había juguetes en la vidriera.

Andy apoyó su bicicleta frente al edificio.

—El propietario es un poco cascarrabias a veces. No creo que te permita entrar con el perro.

—Bueno, intentémoslo —dijo Evan, abriendo la puerta. Trigger entró al almacén jalando insistentemente la correa.

Evan entró; el lugar estaba mal iluminado, era estrecho y tenía el techo bajo. Sus ojos se demoraron un poco en adaptarse a la poca luz.

La tienda de Wagner parecía más un almacén que una juguetería. Había estanterías hasta el techo, contra las dos paredes, llenas de cajas de juguetes, y a todo lo largo un aparador para exhibición, que dejaba unos corredores tan estrechos que alguien tan flaco como Evan tenía que caminar de lado.

En la parte delantera de la juguetería, sobre una banqueta alta, detrás de una caja registradora pasada de moda, estaba sentado un hombre hosco. Tenía un mechón de pelo blanco en el centro de la cabeza calva y enrojecida. También un bigote blanco, escurrido, que lo hacía parecer disgustado.

—¡Hola! —le dijo tímidamente Andy.

Su respuesta fue un gruñido y continuó leyendo el periódico.

Trigger olfateó entusiasmado las estanterías de la parte de abajo. Evan echó una ojeada a la cantidad de juguetes que había. A juzgar por la capa de polvo, habían estado en ese lugar hacía cien años. Todo estaba revuelto: muñecas al lado de juegos de construcción; implementos de arte con figuras antiguas; un tambor de juguete debajo de un montón de pelotas de fútbol.

Él y Andy eran los únicos clientes en la juguetería.

—¿Aquí tienen juegos de Nintendo? —le susurró Evan a Andy, temeroso de romper el silencio.

—No creo —susurró Andy a su vez—. Le voy a preguntar.

Andy gritó hacia el frente:

—¿Tiene juegos de Nintendo?

Al hombre le tomó un momento responderle; se rascó la oreja y gruñó:

—No tenemos —respondió, evidentemente molesto por la interrupción.

Andy y Evan caminaron hacia el fondo de la juguetería.

—¿Por qué te gusta este lugar? —le preguntó Evan en voz baja, mientras tomaba una pistola para fulminantes con estuche de vaquero.

—Creo que es especial —explicó Andy—. Aquí puedes encontrar verdaderos tesoros. No es como las otras jugueterías.

—Estoy seguro de eso —dijo Evan burlonamente.

—¡Oye, mira esto! —dijo Evan agarrando una lonchera que tenía en la tapa un vaquero vestido de negro.

—Hopalong Cassidy —leyó—. ¿Quién es Hopalong Cassidy?

—Un vaquero con un nombre ridículo —dijo Andy, quitándole la caja a Evan para examinarla—. Mira, es de metal, no de plástico. Me preguntó si a mi primo le gustaría.

—Es un regalo muy raro —dijo Evan.

—Es un primo muy raro —bromeó Andy.

—Oye, mira esto.

Andy soltó la lonchera y levantó una caja enorme.

—Es un juego de magia. "Asombra a tus amigos. Realiza cien trucos sorprendentes" —leyó ella.

—Cien son demasiados trucos sorprendentes —dijo Evan.

Evan se fue aún más hacia el fondo de la juguetería, con Trigger guiándolo y olfateando todo.

—¡Aaahhh… !

Para sorpresa de Evan, una puerta estrecha conducía a una habitación oscura y pequeña.

La habitación estaba aún más oscura y llena de polvo que la tienda. Al entrar vio viejos animales de felpa revueltos en cajas de cartón, juegos dañados, guantes de béisbol gastados y rotos, cajas amarillentas.

"¿A quién le interesaría esta basura?", pensó.

Estaba a punto de salir, cuando algo le llamó la atención. Era una lata azul, del tamaño de una lata de sopa. La agarró y se sorprendió de lo pesada que era.

Acercó la lata para examinarla bajo la débil luz, y leyó en la etiqueta desteñida: SANGRE DE MONSTRUO. Debajo de esto, en letra más pequeña: SUSTANCIA SORPRENDENTEMENTE MILAGROSA.

"¡Uufff! Esto es increíble", pensó mientras le daba vuelta a la lata.

De repente se acordó de los diez dólares que su madre le había metido en el bolsillo de la camisa.

Al darse vuelta vio al dueño de la juguetería parado en la entrada de la habitación oscura, con los ojos desorbitados por la rabia.

—¿Qué estás haciendo aquí atrás? —rugió.

7

Al oír el grito del hombre, Trigger se asustó y ladró fuertemente.

Evan apretó la correa, y jaló al perro.

—Esteee... ¿cuánto cuesta esto? —preguntó mientras levantaba la lata de Sangre de Monstruo.

—No está a la venta —dijo el dueño bajando un poco la voz; el bigote parecía arrugarse con el resto de la cara en un gesto de desagrado.

—¿Cómo? Estaba aquí en el estante —señaló Evan.

—Es muy vieja —insistió el hombre—. A lo mejor está dañada.

—No importa, la llevo de todos modos —dijo Evan—. ¿Me la vende más barato, por ser tan vieja?

—¿Qué es? —preguntó Andy cuando apareció en la puerta.

—No sé —dijo Evan—. Se mira increíble. Se llama Sangre de Monstruo.

—No está a la venta —insistió el hombre.

Andy se abrió paso y tomó la lata de las manos de Evan.

—¡Aah!, yo también quiero una —dijo moviendo la lata en su mano.

—Sólo hay una —le dijo Evan.

—¿Estás seguro? —y comenzó a buscar en la estantería.

—Les digo que no está buena —insistió el dueño, que parecía exasperado.

—Necesito una —le dijo Andy a Evan.

—Lo siento —replicó Evan, quitándole la lata—. Yo la vi primero.

—Te la compro —dijo Andy.

—¿Por qué no la comparten? —sugirió el dueño.

—¿O sea que nos la va a vender? —preguntó Evan.

El hombre se encogió de hombros y se rascó la oreja.

—¿Cuánto? —preguntó Evan.

—¿Está seguro de que no tiene otra? —insistió Andy, registrando la estantería y tumbando de paso, una pila de osos pandas de felpa—. ¿O de pronto tiene dos más? Podría quedarme yo con una y darle la otra a mi primo.

—Dos dólares, me parece —le dijo el viejo a Evan—. Pero te repito que no está buena. Es muy vieja.

—No me importa —dijo Evan, buscando en el bolsillo de su camisa el billete de diez dólares.

—Bueno, pero no vengas a hacerme ningún reclamo —refunfuñó el hombre, dirigiéndose a la registradora que estaba cerca de la entrada.

Unos minutos después, Evan caminaba bajo la luz del sol, llevando consigo la lata azul. Trigger saltaba alegremente, moviendo su colita, feliz de haber abandonado esa juguetería oscura y empolvada. Andy los seguía con una expresión triste en la cara.

—¿No compraste la lonchera? —preguntó Evan.

—No cambies el tema —reclamó ella—. Te doy cinco dólares por ella.

Andy estiró la mano para alcanzar la Sangre de Monstruo.

—Ni hablar —replicó Evan y se rió—. Realmente te gusta salirte con la tuya, ¿no es cierto?

—Soy hija única —dijo ella—. No puedo evitarlo. Estoy malcriada.

—Yo también —dijo Evan.

—Tengo una idea —dijo Andy mientras retiraba su bicicleta del frente del edificio—. Compartámosla.

—¿Compartámosla? —dijo Evan agitando la cabeza—. La compartiré igual que tú compartiste tu bici.

—¿Quieres montar la bici hasta la casa? Tómala —y la empujó hacia él.

—Pues no —dijo él, empujando la bicicleta

hacia ella—. Ahora no montaré tu estúpida bici. De todos modos es de niña.

—No —insistió ella—. ¿Cómo es una bici de niña?

Evan ignoró la pregunta y jalando al perro de la correa para que se moviera comenzó a caminar hacia la casa de su tía.

—¿Cómo es una bici de niña? —repetía Andy a medida que caminaba al lado de él.

—Te diré una cosa —dijo Evan—. Regresemos a la casa de mi tía y abramos la lata. Te apuesto a que te divertirás un rato con eso.

—Sí, fabuloso —dijo Andy con tono de burla—. Eres un gran tipo, Evan.

—Lo sé —dijo Evan, y le guiñó el ojo.

Katheryn estaba sentada en el sillón cuando Evan y Andy llegaron. "¿Con quién habla?", pensó Evan cuando escuchó la voz de su tía. Parecía estar discutiendo acaloradamente con alguien.

Mientras guiaba a Andy hacia el salón, se dio cuenta de que sólo se trataba de Sarabeth, la gata negra. Cuando Evan entró, la gata se dio vuelta y salió de la habitación apresuradamente.

Katheryn miró a Evan y a Andy con una expresión de sorpresa en su rostro.

—Te presento a Andy —dijo Evan, señalando a su nueva amiga.

—¿Qué tienes ahí? —preguntó Katheryn, ignorando a Andy y extendiendo la mano para agarrar la lata de Sangre de Monstruo.

Evan se la entregó un poco inseguro. La tía frunció el ceño, dio vueltas a la lata en su mano y se detuvo a leer la etiqueta, moviendo los labios a medida que lo hacía. Levantó la lata nuevamente y la miró más lentamente, como si la estudiara con detenimiento; finalmente se la entregó a Evan.

Evan cogió la lata y empezó a caminar hacia su habitación con Andy; en ese momento escuchó que su tía murmuraba algo. No pudo escuchar muy bien lo que decía; era algo así como "ten cuidado", pero Evan no estaba seguro.

Al volverse vio que Sarabeth lo miraba desde la entrada con sus ojos amarillos y brillantes.

—Mi tía es completamente sorda —explicó Evan a Andy mientras subían por las escaleras.

—¿O sea que puedes poner tu equipo estereofónico tan alto como quieras? —preguntó Andy.

—No creo que la tía Katheryn tenga estéreo —dijo Evan.

—¡Qué malo! —dijo Andy caminando por la habitación de Evan; retiró las cortinas y miró hacia abajo a Trigger, en su corral.

—¿De verdad es tu tía abuela? —preguntó Andy—. No se ve tan vieja.

—Es por el pelo negro —explicó Evan, poniendo la lata de Sangre de Monstruo sobre el escritorio, en la mitad de la habitación—. Eso la hace ver joven.

—¡Oye, mira todos estos libros acerca de cosas

mágicas! —exclamó Andy—. Me pregunto por qué tu tía tiene todo esto.

Retiró uno de los volúmenes viejos y pesados del librero y sopló la gruesa capa de polvo que tenía.

—Tal vez tu tía tenga planes de venir aquí cuando estés dormido y convertirte en una salamandra.

—Tal vez —replicó Evan haciendo una mueca—. A propósito, ¿qué es una salamandra?

Andy se encogió de hombros.

—Una especie de lagarto, creo.

Andy hojeó las páginas amarillas de un libro.

—Dijiste que no había nada qué hacer aquí —continuó Andy—. Podrías leer todos estos libros fabulosos.

—No, gracias. Horror y espanto —dijo con sarcasmo Evan.

Andy puso el libro en su lugar y se paró al lado de Evan, que estaba cerca del escritorio, con los ojos clavados en la lata de Sangre de Monstruo.

—Ábrela. Es viejísima. Probablemente está podrida.

—Eso espero —dijo Evan. Tomó la lata en sus manos y la estudió—. No tiene instrucciones.

—Levanta la tapa y ya está —dijo Andy con impaciencia.

Él tiró de la argolla. No se movió.

—Tal vez necesitamos un abrelatas o algo así —dijo ella.

—¡Qué gran ayuda! —murmuró Evan mirando nuevamente la etiqueta—. Mira. No tiene instrucciones. No aparecen los ingredientes. Nada.

—Claro que no. ¡Es Sangre de Monstruo! —exclamó ella imitando al conde Drácula. Agarró a Evan del cuello e hizo como si fuera a estrangularlo.

Él se rió.

—Suéltame... más bien ayúdame.

Golpeó la lata contra el escritorio... y la tapa saltó.

—Hey, ¡mira! —gritó Evan.

Andy le soltó el cuello y ambos miraron dentro de la lata.

La sustancia que había dentro de la lata era verde brillante. Daba unos destellos parecidos a la gelatina cuando se la pone a la luz de una bombilla.

—Tócala —dijo Andy.

Pero antes de que Evan lo hiciera, ella metió un dedo dentro de la lata.

—Está fría —dijo—. Tócala. Está muy fría.

Evan la tocó con el dedo. Era fría, más espesa que la gelatina, más densa.

Evan introdujo el dedo casi completamente. Cuando lo retiró se produjo un ruido como de succión.

—Asqueroso —dijo Andy.

Evan se encogió de hombros.

—He visto cosas peores.

—Te apuesto a que brilla en la oscuridad —dijo Andy, y se dirigió aprisa hacia el interruptor de la luz, cerca de la puerta—. Seguro que ese verde es de los que brillan en la oscuridad.

Apagó la luz del techo, pero la luz del atardecer aún entraba por entre las cortinas.

—Prueba en el armario —instruyó Andy con exaltación.

Evan llevó la lata al armario y Andy lo siguió.

—¡Puaj! Naftalina —exclamó la niña—. No puedo respirar.

La Sangre de Monstruo sí brillaba en la oscuridad. Un rayo circular de luz verde parecía provenir de la lata.

—¡Huuy! Es increíble —dijo Andy, tapándose la nariz para evitar el repugnante olor de la naftalina.

—Yo tenía algo muy parecido —dijo Evan un poco desencantado—. Se llamaba algo así como Pudín Extraterrestre o algo por el estilo.

—Bueno, si tú no la quieres yo sí —sugirió Andy.

—No dije que no la quería —contestó rápidamente Evan.

—Salgamos de aquí —rogó Andy.

Evan empujó la puerta y los dos salieron aprisa del armario; cerraron la puerta de un portazo. Ambos aspiraron un poco de aire fresco durante unos segundos.

—¡Uf, odio ese olor! —afirmó Evan; luego miró a Andy y se dio cuenta de que ella había sacado un puñado de Sangre de Monstruo de la lata.

Andy la estrujó en la mano.

—Se siente aún más fría fuera de la lata —dijo ella, haciendo una mueca—. Mira, cuando la aplastas vuelve enseguida a su forma anterior.

—Sí. Probablemente también rebota —dijo Evan; no sonaba impresionado—. Lánzala contra el piso. Todas esas cosas rebotan como el caucho.

Andy amasó el pedazo de Sangre de Monstruo, formó una bola y la dejó caer en el piso. Rebotó de nuevo a su mano y la lanzó de nuevo con más fuerza. Esta vez rebotó contra la pared y salió despedida por la puerta de la habitación.

—Rebota muy bien —dijo Andy, y corrió tras la bola, fuera de la habitación—. Vamos a ver si se estira.

La tomó entre sus dos manos y tiró de ella hasta volverla una cuerda delgada.

—Sí. También se estira.

—Pues no es nada especial —dijo Evan—. La que tenía antes también rebotaba y se estiraba bastante bien. Pensé que esta cosa iba a ser bien diferente.

—Se mantiene fría aún después se haberla tenido en las manos —dijo Andy de regreso a la habitación.

Evan le dio un vistazo a la pared y notó una mancha oscura cerca del borde del piso.

—¡Oh, no! Mira, esa cosa mancha.

—Llevémosla afuera y lancémosla allá —sugirió Andy.

—De acuerdo —aprobó él—. Vamos al jardín de atrás y así Trigger no se sentirá tan solo.

Evan le alcanzó la lata y Andy volvió a poner allí el pedazo de Sangre de Monstruo. Luego se dirigieron a las escaleras, bajaron y se fueron al jardín, donde Trigger los recibió como si no los hubiese visto en veinte años.

Finalmente, el perro se calmó y se sentó, jadeante, bajo la sombra de un árbol.

—Buen chico —le dijo suavemente Evan—. Tómalo con calma. Tómalo con calma, viejo amigo.

Andy metió la mano dentro de la lata y sacó un poco de masa verde. Evan la imitó. La amasaron hasta que ambos tenían dos bolas; comenzaron a jugar a tirarlas y atraparlas.

—Es buenísima porque no pierde la forma —dijo Andy mientras lanzaba al aire una de las bolas verdes.

Evan se cubrió los ojos para protegerlos de la luz del atardecer y atrapó la bola con la otra mano.

—Todas estas cosas son iguales —dijo—. No tienen nada de especial.

—Pues a mí me parece buenísima —dijo Andy, a la defensiva.

El siguiente lanzamiento de Evan fue demasiado alto. La bola de masa verde pasó por entre las manos de Andy.

—¡Uy! —gritó Andy.

—Perdona —gritó Evan.

Ambos se quedaron mirando cómo la bola rebotaba una, dos veces y luego paraba justo en frente de Trigger.

El perro se asustó y saltó sobre las patas; luego se acercó a olerla.

—¡No, viejo! —gritó Evan—. ¡Deja eso! No lo toques.

Desobediente como siempre, Trigger se agachó y lamió la bola verde.

—¡No, Trigger! ¡Suéltalo! ¡Suéltalo! —gritó Evan asustado.

Él y Andy corrieron hacia el perro.

Pero tardaron demasiado.

Trigger tomó la bola de Sangre de Monstruo entre sus dientes y comenzó a morderla.

—¡No, Trigger! —gritó Evan—. ¡No te la tragues! ¡No te la tragues!

Trigger se la tragó.

—¡Ay, no! —gritó Andy, empuñando las manos y llevándoselas a las sienes. ¡Ahora no hay suficiente para que la compartamos!

Pero a Evan no le preocupaba eso. Se puso de rodillas y le abrió la mandíbula al perro. La masa verde no estaba. Se la había tragado.

—Perro tonto —dijo suavemente, soltando el hocico del perro.

Evan sacudió la cabeza, lleno de preocupación.

"¿Qué pasa si esa cosa hace que Trigger se enferme?", pensó Evan.

"¿Qué tal si es veneno?"

9

—¿Vamos a hornear ese pastel hoy? —le preguntó Evan a su tía. Escribió la pregunta en un cuadernillo con cubierta amarilla que había encontrado en el escritorio de su habitación.

Katheryn leyó la pregunta mientras se arreglaba su cola de caballo negra. La cara era más pálida que la harina vista a la luz que entraba en la mañana por la ventana de la cocina.

—¿Pastel? ¿Qué pastel? —preguntó fríamente.

Evan quedó boquiabierto. Decidió no recordárselo.

—Ve a jugar con tus amigos —dijo Katheryn, otra vez fríamente, mientras acariciaba la cabeza de Sarabeth, que pasaba cerca de la mesa de la cocina—. ¿Para qué vas a quedarte en casa con una vieja bruja?

Transcurrieron tres días. Evan había intentado ser amistoso con su tía. Pero entre más lo intentaba, más fría se tornaba ella.

"La tía es mala, realmente mala", pensaba Evan

mientras se comía la última cucharada de cereal de trigo. Era el único cereal que había en la casa.

Evan luchaba por terminarlo cada mañana. Aun con leche, el cereal era muy seco y ella no le permitía agregarle azúcar.

—Parece que va a llover —dijo Katheryn mientras bebía un largo sorbo de té que había preparado. Sus dientes castañeteaban a medida que lo tomaba.

Evan volteó a mirar por la ventana y vio brillar el sol. ¿Qué la hacía pensar que llovería?

Evan la miró; estaba sentada al otro lado de la mesa de la cocina. Por primera vez notó un pendiente que llevaba alrededor del cuello. Era de color crema y tenía una forma como un hueso.

Evan pensó que decididamente se trataba de un hueso.

Lo miró fijamente, tratando de determinar si era un hueso de verdad, tal vez de algún animal, o un hueso de marfil. Cuando Katheryn se dio cuenta de que la observaba, tomó el pendiente entre una de sus grandes manos y lo introdujo por el cuello de la blusa.

—Ve y visita a tu amiga. Es una niña linda —dijo Katheryn. Bebió otro largo sorbo de té y nuevamente hizo sonar los dientes mientras lo tomaba.

"Sí. Debo salir de aquí", pensó Evan. Empujó su silla, se puso de pie y llevó su plato al fregadero.

"No soporto más esto", pensó Evan indispuesto. "Ella me odia, realmente me odia".

Corrió escaleras arriba, hacia su dormitorio, donde se cepilló el cabello rojo. Mirándose al espejo, pensó en la llamada que había recibido de su madre la noche anterior.

Había llamado justo después de la cena; él dedujo inmediatamente, por el tono de la voz, que las cosas no iban bien en Atlanta.

—¿Cómo van las cosas, mamá? —había preguntado entusiasmado al escuchar la voz de ella, aunque estuviese a muchas millas de distancia.

—Lentas —contestó su madre.

—¿Qué quieres decir? ¿Cómo está papá? ¿Ya encontraron casa?

Le salían las preguntas como se le sale a un globo el aire.

—Espera. Tómalo con calma —replicó la señora Ross. Se oía cansada—. Ambos estamos bien, pero nos está tomando más tiempo del que pensábamos encontrar una casa. No hemos podido encontrar nada que nos guste.

—Eso quiere decir... —comenzó a decir Evan.

—Encontramos una casa muy buena; es bien grande y muy linda —lo interrumpió su madre—. Pero el colegio que vimos no era muy bueno.

—¡Ah, eso no importa! Yo no tengo que ir al colegio —bromeó Evan.

Podía oír a lo lejos que su padre decía algo. Su madre tapó la bocina para responderle.

—¿Cuándo vas a venir a recogerme? —preguntó Evan ansiosamente.

A la señora Ross le tomó unos instantes responderle.

—Pues... ése es el problema —dijo finalmente—. Vamos a tener que quedarnos algunos días más de los que pensábamos. ¿Cómo van las cosas allá, Evan? ¿Estás bien?

Al escuchar la mala noticia de que tendría que estar con Katheryn aún más tiempo Evan sintió deseos de gritar y patear las paredes. Pero no quería disgustar a su madre. Él le respondió que se encontraba bien y que tenía una nueva amiga.

El señor Ross tomó el teléfono y le dijo algunas palabras alentadoras.

—Aguanta un poco —le dijo antes de terminar la conversación.

"Estoy aguantando", pensó él con tristeza.

Escuchar las voces de sus padres le hizo sentir más nostalgia de su hogar.

Ahora, era el día siguiente. Evan dejó el cepillo del pelo a un lado y se miró detenidamente en el espejo del armario. Vestía unos pantalones *jeans* cortos y una camiseta roja.

Una vez abajo, pasó corriendo por la cocina, donde Katheryn aparentemente discutía con Sarabeth. Salió por la puerta de atrás y corrió hasta donde se encontraba Trigger.

—¡Hola, Trigger!

El perro dormía de medio lado en su corral y roncaba suavemente.

—¿No quieres ir a casa de Andy? —le preguntó Evan en voz baja.

Trigger se movió pero no abrió los ojos.

—De acuerdo. Nos veremos más tarde —dijo Evan. Se aseguró de que hubiera agua en la taza de Trigger, y luego se dirigió a la puerta de la casa.

Iba por la mitad de la siguiente cuadra, caminando lentamente, pensando en sus padres que se encontraban tan lejos, cuando escuchó una voz que lo llamaba.

—¡Oye, tú!

Luego vio aparecer a dos chicos que le cerraron el paso.

Asustado, miró a un chico y luego al otro. Eran gemelos. Gemelos idénticos. Ambos eran altos, fornidos, con el cabello muy rubio y la cara redonda y colorada. Vestían camisetas negras pintadas con nombres de bandas de rock metálico; llevaban pantalones cortos y amplios y zapatos tenis altos, desamarrados, sin calcetines. Evan calculó que tendrían catorce o quince años.

—¿*Tú* quién eres? —preguntó amenazadoramente uno de ellos, en tanto que entrecerraba los ojos grises para parecer más rudo. Los gemelos empezaron a acercarse a Evan, quien dio un paso atrás.

"Estos tipos son dos veces más grandes que yo", pensó Evan; sentía que una corriente de miedo le subía de los pies a la cabeza. "¿Estarán solamente haciéndose los guapos o realmente quieren buscar problemas?"

—Me... estoy quedando en la casa de mi tía —tartamudeó Evan, mientras se metía las manos en los bolsillos y daba otro paso hacia atrás.

Los gemelos se miraron el uno al otro rápidamente.

—No puedes caminar por esta cuadra —dijo uno de ellos acercándose más a Evan.

—Es cierto. Tú no eres de aquí —agregó el otro.

—¡Uff, ésas son palabras mayores! —bromeó Evan, e inmediatamente se arrepintió de haberlo dicho.

"¿Por qué no podré nunca mantener la boca cerrada?" se preguntó a sí mismo. Echó un vistazo, buscando a alguien que pudiese venir en su ayuda en caso de que los gemelos quisieran ponerse agresivos.

No había nadie a la vista. Las puertas de las casas estaban cerradas, los jardines vacíos. A lo lejos divisó a un cartero, pero iba en la otra dirección y estaba demasiado lejos para gritarle.

Nadie a la vista. Nadie quien lo ayudara.

Con sus caras impávidas y sus ojos amenazantes, los dos muchachos comenzaron a acercarse a él.

10

—¿Adónde crees que vas? —preguntó uno de los gemelos. Tenía las manos a los lados, con los puños cerrados. Se acercó hasta que estuvo a una o dos pulgadas de Evan, forzándolo a dar algunos pasos hacia atrás.

—A visitar a una amiga —respondió Evan vacilante. Posiblemente esos tipos estaban solamente fanfarroneando.

—Está prohibido —dijo un gemelo sonriéndole a su hermano. Los dos se adelantaron y se movieron hacia Evan, forzándolo a bajarse de la acera y quedarse en la calle.

—No eres de aquí —repitió uno y entrecerró los ojos para parecer más malo.

—Bueno, basta ya, muchachos —dijo Evan. Trató de hacerse a un lado, caminando sobre la calle para evadirlos. Pero ambos se corrieron rápidamente y le impidieron moverse.

—Tal vez podrías pagar un peaje —dijo uno de los gemelos.

—Sí —se apresuró a decir el otro—. Podrías pagar el peaje de los no-residentes y obtener así un permiso temporal para caminar por esta calle.

—No tengo dinero —dijo Evan, que sentía que su miedo aumentaba.

De repente recordó que tenía ocho dólares en el bolsillo. ¿Irían a robarle los gemelos? ¿Lo golpearían y *luego* le robarían?

—Tienes que pagar el peaje —dijo uno de los gemelos mirándolo de reojo—. Miremos a ver cuánto tienes.

Los dos se le abalanzaron y lo agarraron.

Evan retrocedió. De repente sintió sus piernas pesadas por el miedo.

Subitamente una voz gritó desde el otro lado de la calle.

—Oigan, ¿qué es lo que pasa?

Evan alzó los ojos para ver más allá de los fornidos muchachos y divisó a Andy que venía a toda velocidad por la acera en su bicicleta.

—Hola, Evan —gritó.

Los gemelos se alejaron de Evan para saludar a la recién llegada.

—Hola, Andy —dijo uno de ellos con tono burlón.

—¿Cómo te va, Andy? —dijo el otro imitando el tono de su hermano.

Andy frenó la bicicleta y puso los pies en el suelo. Tenía puestos unos pantalones cortos de color rosado oscuro y una camiseta amarilla sin mangas. Tenía la cara roja y la frente sudorosa por el esfuerzo de pedalear tan rápido.

—Oigan, ustedes dos —dijo ella con cara de disgusto—. Rick y Tony.

Andy se volvió hacia Evan.

—¿Te estaban molestando?

—Pues... —comenzó a decir Evan inseguro.

—Le estábamos dando la bienvenida al vecindario —dijo el que se llamaba Rick, al tiempo que sonreía a su hermano.

Tony iba a agregar algo, pero Andy lo interrumpió.

—Bueno, pues déjenlo en paz.

—¿Eres tú su mamá? —preguntó entre risitas Tony. Se volvió hacia Evan y le hizo *agu — gú*, como si fuera un bebé.

—Lo dejaremos en paz —dijo Rick acercándose a Andy—. Tomaremos prestada tu bici y lo dejaremos tranquilo.

—Ni lo piensen —dijo acaloradamente Andy.

Pero antes de que Andy se pudiera mover, Rick tomó los manubrios.

—¡Suéltala! —gritó Andy, tratando de quitarle la bici al gemelo.

Rick la sostuvo con fuerza. Tony le dio un fuerte empujón a Andy.

Ella perdió el equilibrio y se cayó, y la bicicleta se le cayó encima.

—¡Aaayyy!

Andy se quejó cuando se golpeó la cabeza contra

el borde de concreto de la acera. La niña quedó tendida con los brazos estirados y con la bicicleta encima.

Antes de que pudiera ponerse en pie, Tony se acercó y le quitó la bicicleta. Pasó la pierna por encima de la silla y empezó a pedalear furiosamente.

—Espera —rió su hermano, que se puso a correr detrás.

En pocos segundos los gemelos habían desaparecido tras una esquina, con la bicicleta de Andy.

—Andy, ¿estás bien? —gritó Evan dirigiéndose rápidamente hacia ella—. ¿Estás bien?

Evan tomó a Andy de la mano y la ayudó a levantarse. Ella se puso de pie con dificultad, mientras se frotaba la parte de atrás de la cabeza.

—Odio a esos imbéciles —dijo Andy, mientras se sacudía la hierba y el polvo del pantalón y de las piernas—. ¡Ayy, cómo me duele!

—¿Quiénes *son*? —preguntó Evan.

—Los gemelos Beymer —respondió ella, disgustada—. Son de lo más pesado que te puedas imaginar —añadió con sarcasmo. Andy se examinó la pierna para ver si se había cortado. Sólo se había raspado.

—Se creen de lo mejor, pero en realidad no son sino unos imbéciles.

—¿Qué va a pasar con tu bici? ¿Debemos llamar a la policía? —preguntó Evan.

—No hay necesidad —dijo ella tranquilamente, mientras se arreglaba el cabello oscuro—. Ya la rescataré. Ellos ya me han hecho esto antes. La dejan en algún lugar cuando terminan.

—Pero deberíamos... —comenzó Evan.

—Son inaguantables —interrumpió Andy—. No hay nadie en su casa que los vigile. Viven con la abuela, pero ella nunca está en la casa. ¿Te molestaron mucho?

Evan asintió.

—Ya me iba a tocar pegarles —bromeó Evan.

Andy no sonrió.

—A mí me gustaría pegarles —dijo ella con rabia—. Aunque fuera sólo una vez me gustaría vengarme. Molestan a todos los chicos del vecindario. Creen que pueden hacer lo que les plazca porque son grandes y porque son dos.

—Te cortaste la rodilla —señaló Evan.

—Mejor voy a casa y me la limpio —contestó ella volteando los ojos con disgusto—. Nos vemos mañana, ¿vale? Tengo que ir a algún lugar esta tarde, pero quizás podamos hacer algo mañana.

Andy empezó a caminar hacia su casa, mientras se frotaba la parte de atrás de la cabeza.

Evan regresó a la casa de Katheryn, caminando despacio, pensando en los gemelos Beymer, imaginando que peleaban, viéndose a sí mismo dándoles puños y dejándolos tirados mientras Andy miraba y lo aplaudía.

Katheryn limpiaba el polvo de la sala cuando él

entró. No lo miró. Evan subió rápidamente las escaleras hasta su habitación.

"¿Qué voy a hacer ahora?", pensó mientras se paseaba de un lado a otro. La lata azul de Sangre de Monstruo atrajo su atención. Se acercó al librero y tomó la lata de la repisa del centro.

Levantó la tapa y vio que la lata estaba casi llena.

"A fin de cuentas Trigger no comió tanta masa", pensó, y se sintió aliviado.

¡Trigger!

Se había olvidado totalmente del perro. El pobre debía de estar hambriento.

Dejó a un lado la Sangre de Monstruo y corrió hacia las escaleras; las bajó de tres en tres, apoyándose en el pasamanos. Luego corrió a toda velocidad y casi cayó dentro del corral del perro, en el jardín.

—¡Trigger! ¡Hey, Trigger! —lo llamó.

Cuando estaba a mitad del jardín, Evan se dio cuenta de que algo andaba mal.

Los ojos de Trigger estaban hinchados. Tenía la boca abierta, la lengua se le movía rápidamente de lado a lado y una espuma blanca le caía por la boca hasta el suelo.

—¡Trigger!

El perro respiraba con dificultad, y hacía un esfuerzo terrible con cada aliento.

—¡Se está asfixiando! —gritó Evan.

Cuando Evan llegó adonde estaba el perro, Trigger volteó los ojos y las patas se le doblaron bajo el cuerpo. Su estómago todavía se movía; el aire apestaba cada vez que él emitía esos horribles suspiros.

11

—¡No, Trigger!

Evan cayó de rodillas al lado del perro y comenzó a aflojarle el collar, que estaba demasiado
apretado.

El pecho del perro silbaba. Una saliva blanca y
espesa salía de su boca.

—¡Aguanta, perrito. Aguanta! —dijo Evan llo-
roso.

El perro abrió exageradamente los ojos. Aparentemente no escuchaba ni veía a Evan.

—¡Aguanta, amigo! ¡Aguanta un poco!

No podía desatarle el collar, pues estaba como
enterrado en la piel del perro.

Con las manos temblorosas, Evan intentó sacar
el collar pasándolo sobre la cabeza de Trigger.

—Que se afloje, que se afloje, que se afloje
—suplicó.

¡Sí!

Trigger soltó un quejido de dolor al quitarle
Evan el collar.

—¡Trigger, ya salió! ¿Estás bien?

Respirando aún con dificultad, el perro saltó inmediatamente a los pies de Evan. En señal de agradecimiento, le lamió la cara a Evan, cubriéndole la mejilla con su saliva espesa y chillando como si entendiera que Evan acababa de salvarle la vida.

—¡Tranquilo, tranquilo! —repetía Evan, pero el perro continuaba lamiéndolo agradecido.

Evan le dio un abrazo apretado al perro. Había sido una advertencia, él lo sabía. Si no hubiera llegado a tiempo...

No. No quería pensar en esto.

Cuando finalmente Trigger se calmó, Evan inspeccionó el collar.

—¿Por qué se encogió este collar así, perrito? —le preguntó a Trigger.

El perro había caminado hasta la cerca y sorbía frenéticamente el agua de su tazón.

"Esto es muy extraño —pensó Evan—. El collar no pudo haberse encogido; es de cuero". No había ninguna razón para que se estrechara. Entonces, "¿por qué Trigger comenzó a asfixiarse de repente?"

Evan miró atentamente al perro mientras éste bebía ansiosamente el agua y respiraba con fuerza. El perro se volteó y miró brevemente a Evan, luego continuó sorbiendo el agua.

"Ha *crecido*", decidió Evan.

"Definitivamente ha crecido".

Pero Trigger tenía doce años, o sea ochenta y cuatro años de un ser humano. Era más viejo que la tía Katheryn.

Trigger estaba demasiado viejo para presentar un crecimiento repentino.

—Deben ser mis ojos —concluyó Evan, tirando el collar al suelo—. Este lugar me hace ver cosas.

Katheryn llamaba a Evan desde la puerta de la cocina para almorzar. Evan le sirvió a Trigger un plato de comida especialmente para perros y le dijo adiós, pero el perro no levantó los ojos del tazón de agua. Evan corrió hacia la casa.

La mañana siguiente amaneció nublada y el viento de otoño frío. Evan salió hacia la casa de Andy. La encontró agachada bajo un gran arce, en el jardín del vecino.

—¿Qué sucede? —gritó.

Evan vio que Andy estaba inclinada sobre algo y movía las manos con rapidez.

—¡Ven, ayúdame! —gritó ella sin levantar la vista.

Evan se acercó trotando.

—¡Huy! —exclamó Evan cuando vio que Andy trataba de liberar un gato que alguien había atado al tronco del árbol.

El gato chillaba y le clavaba las garras a Andy. Ella esquivó las uñas del gato y continuó desatando los gruesos nudos de la soga.

—Los gemelos Beymer hicieron esto, lo sé —dijo en voz alta, tratando de tapar los chillidos del gato—. Este pobre animalito seguramente estuvo amarrado aquí toda la noche.

Aterrorizado, el gato chillaba casi como una persona.

—Quédate quieto, gato —dijo Evan, mientras el gato atemorizado le clavaba de nuevo las garras a Andy—. ¿Puedo ayudar?

—No. Ya casi lo logro —contestó ella aflojando el nudo—. Quisiera amarrar a Rick y a Tony al árbol.

—Pobre gato, está todo asustado —dijo en voz baja Evan.

—Listo —dijo Andy soltando la soga.

El gato dio un último grito de protesta, con la cola parada hacia arriba. Luego salió disparado, corriendo a toda velocidad y desapareció detrás de un arbusto sin mirar hacia atrás.

—No fue muy cortés —murmuró Evan.

Andy se puso de pie y suspiró. Tenía puestos unos *jeans* desteñidos y una camiseta verde extra grande, que le llegaba casi hasta las rodillas. Se levantó el borde de la camiseta para observar un agujero que el gato le había hecho.

—No puedo creer lo que hicieron ese par de imbéciles —dijo sacudiendo la cabeza.

—Tal vez deberíamos llamar a la policía o a la Sociedad Protectora de Animales —sugirió Evan.

—Los gemelos negarían todo —dijo Andy con desilusión. Luego añadió—: el gato no es un buen testigo.

Se rieron.

Evan encabezó el regreso hacia la casa de su tía. Todo el camino hablaron acerca de cómo les gustaría darle una lección a los gemelos Beymer. Pero a ninguno de los dos se le ocurría una buena idea.

Encontraron a Katheryn en la mesa del comedor, concentrada en un rompecabezas.

—¿Les gustan los rompecabezas? A mí me gusta mantener la mente activa, ¿saben? Por eso me gustan los rompecabezas. La mente puede tornarse débil cuando uno llega a mi edad. Ciento doce años.

La tía dio una palmada sobre la mesa y se rió de su propio ingenio. Evan y Andy le sonrieron con agrado. Luego continuó con el rompecabezas, sin esperar respuesta.

—¡Me va a enloquecer! —exclamó Evan.

—¡Evan, te va a oír! —le advirtió Andy, tapándole la boca con una mano.

—Ya te dije que está completamente sorda. No puede oírme. Ella no *quiere* oír a nadie. *Odia* a todo el mundo.

—A mí me parece muy dulce —dijo Andy—. ¿Por qué lleva un hueso alrededor del cuello?

—Probablemente cree que está de moda —bromeó Evan.

—Vamos arriba —se apresuró a decir Andy y empujó a Evan hacia las escaleras—. No me gusta hablar de tu tía en frente de ella.

—Eres una vieja loca —le gritó Evan a Katheryn, con una sonrisa en el rostro.

Katheryn levantó la vista de su pasatiempo para darle una fría mirada.

—Te oyó —dijo Andy con horror.

—No seas tonta —dijo Evan mientras subía las escaleras y tropezaba con Sarabeth.

Arriba, en el dormitorio de Evan, Andy caminaba de un lado para otro.

—¿Qué quieres hacer?

—Bueno... podríamos leer alguno de estos maravillosos libros —dijo Evan con sarcasmo, señalando los libros empolvados—. Tal vez encontremos un hechizo para los hermanos Beymer. ¿Te imaginas? Convertirlos en salamandras.

—Olvídate de las salamandras —dijo Andy secamente—. Oye... ¿dónde está la Sangre de Monstruo?

Antes de que Evan respondiera, ella la vio sobre una de los estantes.

Ambos corrieron a agarrarla, pero Andy llegó primero y tomó la lata.

—Evan, mira —dijo abriendo los ojos con sorpresa—. ¡Mira lo que está pasando!

Andy levantó la lata. La masa verde había empujado la tapa y se salía de la lata.

12

—Oye, ¿la tapa se rompió, o qué? —preguntó Evan.

Evan le quitó la lata a Andy y la examinó. Seguro que la tapa se había caído. La desagradable sustancia se estaba saliendo de la lata.

Evan sacó un puñado de masa verde.

—¡Qué raro! —exclamó—. Se está expandiendo.

Evan apretaba la masa en su mano.

—Está creciendo, no hay duda.

—¡Ya lo creo! —exclamó Andy—. ¡Creció y se salió de la lata!

—¡Mira, ya no está fría! —dijo Evan; formó una bola y se la lanzó a Andy.

—Está caliente —confirmó Andy—. ¡Muy raro!

Ella trató de lanzársela de nuevo, pero se le quedó pegada a la palma de la mano.

—Se ha vuelto pegajosa —reportó Andy—. ¿Estás seguro de que ésta es la misma cosa?

—Claro que sí —respondió Evan.

—Pero antes no era pegajosa, ¿recuerdas? —dijo ella.

Evan tomó otro poco de masa de la lata.

—Supongo que cambia una vez que se abre la lata —dijo Evan—. Formó una bola y la lanzó contra el piso—. Mira... se quedó pegada al piso. No rebotó.

—¡Extraño! —repitió Andy.

—Quizás debería tirarla a la basura —dijo Evan mientras desprendía la masa pegajosa del piso—. Porque, ¿para qué sirve si no rebota?

—Ni lo pienses —dijo Andy—. Tenemos que ver qué le sucede luego.

Un suave maullido los hizo voltearse hacia la puerta.

Evan se sorprendió de ver a Sarabeth allí, observándolo con sus ojos amarillos.

¿O estaría más bien mirando el pedazo de Sangre de Monstruo en su mano?

—La gata parece tan inteligente... —dijo Andy.

—Es igual de tonta a cualquier otro gato —murmuró Evan—. Mira, quiere jugar a la pelota con la Sangre de Monstruo.

—Lo siento, gata —dijo Andy—. No rebota.

Como si entendiera, Sarabeth maulló y salió silenciosamente de la habitación.

—Ahora, ¿dónde voy a guardar esta cosa? —preguntó Evan—. Es demasiado grande para la lata.

—Toma. ¿Qué te parece esto? —preguntó Andy; se agachó y encontró en uno de los estantes inferiores una lata vacía de café.

—Sí. Muy bien.

Evan metió el pedazo de masa dentro de la lata de café.

Andy aplastó la de ella y formó una tortilla.

—Mira, tampoco brilla como antes —dijo Andy mientras le mostraba su pedazo a Evan—. Pero está tibia. Casi caliente.

—¡Está viva! —gritó bromeando Evan—. ¡Sálvese quien pueda! ¡Está viva!

Andy se rió y comenzó a perseguir a Evan, amenazándolo con la tortilla verde.

—¡Ven por tu Sangre de Monstruo! ¡Ven a agarrarla!

Evan hizo un movimiento rápido y le quitó a Andy la tortilla de la mano; luego la amasó y la metió dentro de la lata de café.

Ambos miraron dentro de la lata. La cosa verde ocupaba un poco más de la mitad de la lata.

—Vamos. Pruébala —urgió Andy, empujando la cara de Evan dentro de la lata—. Te reto a que lo hagas.

—¿Cómo? Ni creas. Yo te reto a ti —dijo Evan, empujando la lata hacia ella.

—Los que retan en segundo lugar tienen que hacerlo primero —insistió Andy riéndose—. Vamos. ¡Pruébala!

Evan hizo cara de desagrado y agitó la cabeza.

Luego tomó un buen pedazo de masa y se lo lanzó a Andy. Riéndose, ella lo levantó de la alfombra y se lo lanzó a él en la cara. Andy lo tiró muy alto y el pedazo verde quedó pegado a la pared.

Evan sacó otro poco.

Los dos muchachos se enfrascaron en una sucia y divertida batalla con Sangre de Monstruo, hasta la hora de la cena. Luego, mientras limpiaban todo, escucharon a Trigger a través de la ventana abierta. Ladraba fuertemente desde el corral.

Evan se acercó primero a la ventana. El cielo estaba nublado aún. Apoyado en la cerca, sobre sus patas traseras, Trigger ladraba sin cesar.

—Hola, Trigger —gritó Evan—. ¡Aquí estoy!

—¿Qué le pasa a Trigger? —preguntó Andy—. Parece que hubiera crecido. ¡Se ve muy grande!

Evan se quedó boquiabierto; sofocó un grito en su garganta al darse cuenta de que Andy tenía razón.

Trigger estaba casi el doble de grande.

13

—¡Trigger... vuelve acá! ¡Vuelve *acá!*

El perro continuó corriendo; sus gigantescas patas resonaban en el pavimento.

—*¡Regresa!* —gritó Evan, corriendo con pasos largos y desesperados, el corazón palpitándole fuertemente; le dolían las piernas con cada paso que daba intentando atrapar al perro.

La noche era oscura, sin estrellas. Las calles brillaban como si acabara de llover.

Las patas de Trigger sonaban sobre el pavimento como un trueno con un eterno eco. Sus orejas gigantes se movían como alas. Su gran cabeza subía y bajaba sin mirar atrás.

—¡Trigger! *¡Trigger!*

La voz de Evan parecía silenciarse por el fuerte viento que azotaba su cara. Intentó gritar más fuerte, pero de su garganta no salía ningún sonido.

Sabía que tenía que detener al perro. Debía atraparlo y luego pedir ayuda.

Trigger crecía muy rápido, totalmente fuera de

control. Ya estaba del tamaño de un potro, y crecía más cada minuto.

—¡Trigger! ¡Trigger! ¡No corras más, amigo!

Trigger no parecía escucharlo. La voz de Evan se apagaba con el viento que soplaba y formaba remolinos.

No obstante, Evan corría; tenía el pecho a punto de estallar y le dolían todos los músculos. De pronto se dio cuenta de que otras personas corrían a su lado.

Dos siluetas grandes iban delante del perro en estampida.

Dos siluetas que Evan reconoció, trataban de alejarse del animal que corría como loco.

Eran los gemelos Beymer. Rick y Tony.

Súbitamente, Evan comprendió que el perro los perseguía.

Los muchachos doblaron una esquina y se dirigieron hacia una calle aún más oscura. Trigger los seguía. Evan continuó su carrera tras el misterioso desfile por la calle oscura.

Todo permanecía en silencio, excepto el golpear rítmico de las enormes patas de Trigger.

Excepto el *tac, tac, tac,* de los zapatos de los Beymer sobre el brillante pavimento.

Excepto la cansada respiración de Evan, que corría persiguiéndolos.

De repente, Evan observó con horror que el perro se levantó sobre sus patas traseras. Alzó la cabeza hacia el cielo y emitió un aullido agudo. No era el aullido de un perro, sino el de una criatura salvaje.

Luego, los rasgos de Trigger comenzaron a cambiar. La frente se abultó y se ensanchó. Los ojos se desorbitaron antes de hundirse bajo la frente protuberante. Le salieron colmillos de la boca y emitió otro aullido hacia el cielo, más fuerte y escalofriante que el anterior.

—¡Es un monstruo! ¡Un monstruo! —gritó Evan.

Luego se despertó.

Se despertó de su pesadilla.

Comprendió que estaba en su cama, en el estudio del segundo piso, en la casa de Katheryn.

Todo había sido un sueño. Una horrible pesadilla.

Un sueño inofensivo. Sin embargo, había algo que no estaba bien del todo.

La cama. La sentía muy incómoda. Muy estrecha. Evan se sentó, alerta, ya bien despierto.

Miró fijamente sus pies gigantescos. Sus manos enormes. Era evidente que la cama en la que estaba sentado le quedaba pequeña.

Porque ahora él era un gigante.

Había crecido y era enorme; monstruosamente gigante.

Cuando vio cuán enorme era, abrió la boca y comenzó a gritar.

14

Sus gritos lo despertaron.

Esta vez sí se despertó realmente.

Comprendió que la primera vez sólo había soñado que se despertaba. Había soñado que era un gigante.

Sueños dentro de los sueños.

¿Estaría realmente despierto ahora?

Se sentó. Parpadeó, se frotó los ojos y trató de enfocar.

Estaba bañado en sudor.

Las cobijas por el piso.

Su pijama húmedo, pegado a su piel sudorosa.

Nada le parecía conocido. Le tomó un momento salir totalmente de sus sueños para recordar dónde se encontraba. Estaba en su dormitorio, en la casa de Katheryn. Ahora estaba despierto. Su tamaño era normal.

El viento agitaba las cortinas hacia él para luego arrastrarlas nuevamente hacia afuera.

Evan se incorporó, aún tembloroso, y miró por la ventana.

Algunas nubes grises se amontonaban alrededor de una media luna. Los árboles se mecían con el viento frío de la noche.

Fue solamente un sueño.

Un mal sueño. Un sueño dentro de un sueño.

Podía ver que Trigger dormía junto a la cerca.

Trigger no era un monstruo. Pero definitivamente había crecido.

"Quizás tiene algo malo". La preocupación se apoderó de Evan, mientras observaba dormir al perro.

"Quizás sean sus glándulas o algo así".

"Tal vez está comiendo mucho. Tal vez..."

Evan bostezó. Comprendió que estaba demasiado dormido para pensar con claridad. Por la mañana vería si había un veterinario en la ciudad.

Bostezó de nuevo y se acomodó otra vez en la cama. Pero algo llamó su atención.

La lata de café en el librero. La lata donde había guardado la Sangre de Monstruo.

—¡Huuy! —gritó.

La masa verde se veía temblorosa y burbujeante bajo la tapa de la lata de café.

15

—Tu perro se ve saludable para le edad que tiene —El doctor Forrest rascó a Trigger en el cuello.

—Mira sus canas —dijo acercando su cara a la del perro—. Eres un buen perro, ¿no es cierto?

Trigger lamió la mano del doctor con agradecimiento.

El doctor Forrest sonrió y se subió los anteojos sobre su afilada nariz; la luz del techo se reflejaba en su frente brillante. Luego se limpió la mano en la bata blanca.

Evan y Andy estaban parados al lado de Trigger en el consultorio. Ambos estuvieron tensos durante el largo examen que el doctor Forrest le hizo al perro. Ahora, al escuchar al doctor, la expresión de sus caras era más relajada.

—¿Entonces usted cree que es un episodio de crecimiento tardío? —repitió Evan.

El doctor Forrest asintió y regresó a su escritorio.

—Es muy poco común —dijo suavemente, y se apoyó sobre el escritorio para escribir algo en un talonario—. Muy poco común. Tendremos el resultado del laboratorio en tres o cuatro días. Quizás nos diga algo más. Pero veo al perro con muy buena salud. Realmente yo no me preocuparía.

—Pero, ¿generalmente los cocker spaniel crecen tanto? —preguntó Evan mientras rascaba a Trigger por debajo de la barbilla. Tenía la correa en la mano, sin hacerle fuerza.

Trigger quería irse. Se acercó a la puerta. Evan se puso de pie y jaló la correa para mantener al perro en el mismo lugar. Tuvo que usar toda su fuerza. No sólo estaba más grande sino mucho más fuerte que hace un par de días.

—No, generalmente no —respondió el veterinario—. Por esa razón le he hecho un examen de hormonas, sangre y secreciones glandulares. Tal vez el laboratorio nos dé una respuesta.

Terminó de escribir y arrancó la hoja del talonario.

—Toma —dijo entregándosela a Evan.

—Escribí el nombre de un buen alimento para perros. Dale de comer eso a Trigger y fíjate que no coma entre comidas —concluyó, y se rió de su chiste.

Evan le dio las gracias al doctor y dejó que Trigger lo jalara fuera de la oficina.

Andy iba dando saltitos tras ellos. Afuera, en

la sala de espera, un pequeño chihuahua se escondía detrás del sofá, chillando al ver salir al gran cocker spaniel.

—Me alegra haber salido de ese lugar —dijo Evan en la calle.

—El examen estuvo bien —dijo Andy con optimismo, acariciando la cabeza de Trigger—. ¡Mira... su cabeza es más ancha que mi mano!

—¡Está casi del tamaño de un perro ovejero! —dijo tristemente Evan—. Y el doctor Forrest dice que está perfectamente bien.

—No exageres —lo regañó Andy. Luego miró el reloj—. ¡Ay, no! No lo puedo creer. Otra vez tarde para mi clase de piano. ¡Otra vez! ¡Mi mamá me va a matar!

Andy dijo adiós con la mano, se volvió y corrió calle abajo; casi se estrelló con una pareja de ancianos que salía en ese momento de una tienda de víveres en la esquina.

—Vamos, muchacho —dijo Evan, pensando en lo que había dicho el doctor Forrest. Jalando la correa caminó las tres cuadras que formaban el centro del pueblo. No obstante las afirmaciones del veterinario, Evan estaba muy preocupado.

Evan se detuvo frente a la tienda de víveres.

—Tal vez un helado logre reanimarme.

Amarró la correa de Trigger en la boca de agua frente a la puerta de la tienda.

—Quédate quieto —le dijo.

Trigger ignoró las palabras de Evan e intentó soltarse.

—Enseguida regreso —le dijo Evan, y entró a prisa en la tienda.

Había unas tres o cuatro personas allí; Evan se demoró más de lo que había pensado. Diez minutos después, cuando regresó a la calle, encontró a los gemelos Beymer desatando a Trigger.

—¡Oigan, suéltenlo! —gritó furioso.

Los gemelos se volvieron hacia él, con un par de sonrisas idénticas en la cara.

—Mira lo que encontramos —dijo burlonamente uno de ellos. El otro desató la correa.

—Dame esa correa —insistió Evan. Sostenía su helado de chocolate con una mano. Empezó a acercarse para quitarles la correa con la otra mano.

Uno de los gemelos le acercó a Evan la correa, y luego se la quitó bruscamente de su alcance.

—¡Caíste!

Los hermanos se rieron y aplaudieron.

—Dejen de molestar —insistió Evan—. Entréguenme la correa.

—Uno es dueño de lo que se encuentra —dijo uno de ellos—. ¿No es así, Tony?

—Sí —respondió sonriendo Tony—. Es un perro feo. Pero ahora es *nuestro* perro feo.

—Busca tu propio perro, mocoso —dijo Rick, dando un paso hacia adelante y tumbando el helado de las manos de Evan. El helado cayó al suelo; *¡plop!*

Los hermanos comenzaron a reír, pero su risa se interrumpió cuando Trigger hizo un sonido amenazador. Abrió la boca, mostró los dientes y el sonido de su ladrido se convirtió en un gruñido.

—¡Oye! —gritó Rick, soltando la correa.

Con un rugido de furia, Trigger se lanzó sobre Rick, forzándolo a retroceder en la acera.

Tony ya se había echado a correr, haciendo un fuerte ruido con sus zapatos tenis. Pasó corriendo frente al consultorio del veterinario, frente a la oficina de correos y continuó corriendo.

—¡Espérame, Tony! ¡Hey, Tony... espérame!

Rick tropezó, se levantó y salió corriendo detrás de su hermano.

Evan intentó atrapar la correa de Trigger, pero falló.

—¡Trigger! ¡Para!

El perro salió detrás de los hermanos que huían. Sus enormes patas golpeaban con fuerza el pavimento. El perro aumentaba la velocidad a medida que se acercaba a ellos.

"No", pensó Evan, y sintió que se congelaba allí, en la esquina, en frente de la tienda de víveres.

"No. No. No. ¡Esto no puede estar sucediendo!"

"Es mi sueño".

"¿Se estará convirtiendo en realidad?"

Evan tembló al recordar el resto de su sueño, pues él también había crecido el doble de su tamaño.

¿Sería posible que esa parte del sueño también se volviera realidad?

16

Esa tarde, cerca de una hora antes de la cena, Evan llamó a Andy.

—¿Puedo ir a tu casa? —le preguntó—. Tengo un pequeño problema.

—Parece como si fuera un problema grande —dijo Andy.

—Sí, bueno. Un problema grande —dijo Evan con impaciencia—. No estoy de humor para bromas, ¿de acuerdo?

—Muy bien. Perdón —respondió con rapidez Andy—. ¿Algo que ver con Rick y Tony? No serán ellos tu problema, ¿o sí?

—No en este momento —le contestó—. Ya te dije, desaparecieron cuando alcancé a Trigger. Desaparecieron. Se esfumaron. Trigger ladraba como un loco. No sé cómo logré arrastrarlo hasta la casa.

—Entonces, ¿cuál es tu problema? —preguntó ella.

—No te lo puedo decir. Te lo tengo que mostrar —dijo—. Voy enseguida. Adiós.

Evan colgó el teléfono y bajó las escaleras a toda velocidad, con un balde en la mano. Katheryn estaba en la cocina, de espaldas, cortando algo con su gran cuchillo de carnicero. Evan pasó tras ella con rapidez y salió disparado por la puerta.

La casa de Andy era moderna, estilo campestre. Tenía un cerco de arbustos verdes en todo el frente. Su papá, decía ella, era un fanático del césped. Éste estaba perfectamente cortado: a una pulgada y media sobre la tierra, suave como una alfombra. Frente a la casa se extendía un jardín de flores. Lirios amarillos y anaranjados se movían con la brisa suave.

La puerta del frente estaba abierta. Evan golpeó en la tela metálica.

—¿Para qué es ese balde? —fue el saludo de Andy.

—Mira —dijo Evan sin aliento por la carrera. Le acercó a Andy el balde metálico que había tomado del garaje de Katheryn.

—¡Ah, caray! —exclamó Andy, llevándose las manos a la cara mientras observaba con los ojos bien abiertos.

—Sí, ¡ah, caray! —dijo él con sarcasmo—. La Sangre de Monstruo volvió a crecer. Mira. Este balde ya está casi lleno. ¿Qué vamos a hacer?

—¿Cómo que *vamos?* —lo fastidió Andy, guiándolo hacia la sala.

—Muy graciosa —murmuró Evan.

—Tú no querías compartirla —insistió ella.

—Pues ahora sí la voy a compartir —dijo impaciente—. A propósito... ¿la quieres? Te la daré a precio de ganga... gratis.

Evan le acercó el balde a Andy.

—¡Oh, oh! —dijo Andy. Sacudió la cabeza, y se cruzó de brazos—. Suéltalo, ¿quieres?

Andy señaló detrás de un sofá de cuero rojo.

—Déjalo allá. Me da miedo.

—¿A *ti* te da miedo? —exclamó Evan—. ¿Qué voy a hacer? Cada vez que la miro ha crecido más. ¡Crece más rápido que Trigger!

—¡Claro! —gritaron a la vez.

Ambos tuvieron el mismo pensamiento, el mismo recuerdo que les producía miedo. Repentinamente los dos recordaron que Trigger se había comido un pedazo de esa masa verde.

—¿Crees que...? —comenzó Evan.

—Tal vez... —dijo Andy, sin dejar que terminara la frase—, tal vez Trigger esté creciendo porque se tragó la bola de Sangre de Mostruo.

—¿Qué voy a hacer? —lloriqueó Evan, paseándose nervioso por la habitación con las manos dentro de los bolsillos.

—Esa cosa está creciendo más y más, lo mismo que el pobre Trigger. Estoy solo. No hay nadie que pueda ayudarme. Nadie.

—¿Y tu tía? —sugirió Andy, mirando fijamente el balde en el rincón—. Quizás a Katheryn se le ocurra algo...

—¿Estás bromeando? Ella no puede oírme. No

quiere oírme. Me odia. Está todo el día sentada frente al rompecabezas, discutiendo con esa horrible gata negra.

—Está bien. Olvídate de tu tía —dijo Andy con cara de desaliento.

—Quizás si se lo dijeras al doctor Forrest...

—Sí, cómo no —exclamó Evan—. Seguro se va a creer el cuento de que Trigger se está convirtiendo en gigante porque lo dejé comer Sangre de Monstruo.

Evan se tiró sobre el sofá.

—Estoy completamente solo aquí, Andy. No hay nadie que me ayude. Nadie a quien pueda al menos hablarle de esto.

—¿Excepto yo?

—Sí —contestó clavando los ojos en los de ella—. Excepto tú.

Andy se dejó caer en el otro extremo del sofá.

—Bueno, ¿y qué puedo hacer yo? —titubeó ella.

Él dio un salto y le acercó el balde.

—Agarra un poco de esto. Vamos a dividirlo.

—¿Qué? ¿Por qué no lo tiramos a la basura? —preguntó, mirando dentro del recipiente. El engrudo verde ya casi llegaba al borde del balde.

—¿Tirarlo? No podemos —dijo.

—Claro que podemos. Ven. Te mostraré.

Andy intentó asir la manija del balde, pero Evan se lo arrebató.

—¿Y qué tal que si se sale del bote de basura?

—le preguntó Evan—. ¿Qué pasa si sigue creciendo?

Andy se encogió de hombros.

—No sé.

—*Tengo* que guardarlo —continuó Evan exaltado—. Si eso es realmente lo que está haciendo crecer a Trigger, lo necesitaré como prueba. ¿Me comprendes? Para mostrarlo a los doctores o lo que sea. Para que puedan curar a Trigger.

—Tal vez deberíamos llamar a la policía —dijo Andy pensativa, agarrándose un mechón del cabello.

—Ah, sí claro —replicó Evan, volteando los ojos con desesperación—. Seguro que nos creerían. Sin duda: "compramos esta cosa en una juguetería pero ahora crece y crece y está transformando a mi perro en un monstruo gigante".

—De acuerdo. De acuerdo. Tienes razón —dijo Andy—. No podemos llamar a la policía.

—Entonces, ¿vas a ayudarme? —insistió Evan—. ¿Vas a quedarte con un poco de esta cosa?

—Supongo —dijo Andy con aprehensión—. Pero sólo un poco. Andy se puso de pie y dijo—: Ya regreso.

Salió de la habitación y volvió al momento con una lata de café vacía.

—Llénala —dijo ella sonriendo.

Evan miró con atención la lata.

—¿Eso es todo lo que vas a tomar? —protestó. De inmediato suavizó el tono de la voz—. De acuerdo. De acuerdo. Algo es algo.

Andy se agachó y hundió la lata de café en el balde.

—¡Hey! —gritó Andy. Sacó rápidamente las manos y cayó de espaldas en el piso.

—¿Qué pasa? —corrió Evan a preguntarle.

—Esa cosa jaló la lata de café hacia el fondo —dijo Andy con la cara llena de temor y sorpresa—. Se la chupó. Mira.

Evan miró dentro del balde. La lata de café había desaparecido bajo la superficie.

—Pude sentir cómo la chupaba —dijo Andy temblando. Luego se sentó lejos del balde.

—Veamos —dijo Evan, y metió las dos manos en la Sangre de Monstruo.

—¡Puag! —dijo Andy—. Esto es asqueroso.

—Sí, succiona. Tienes razón —admitió Evan—. Sentí como si me chupara la mano hacia abajo. ¡Uy!, y está tibia, como si estuviera viva.

—No digas eso —gritó Andy temblorosa—. Tú saca la lata, ¿de acuerdo?

Evan tuvo que jalar con fuerza, pero al fin logró sacar la lata de café, llena hasta el borde de masa gelatinosa verde.

—¡Puag!

—¿En serio tengo que quedarme con esto? —preguntó Andy quieta, sin estirar los brazos cuando Evan le pasó la lata.

—Sólo por un rato —dijo él—. Mientras pensamos en un plan mejor.

—Quizás se lo podríamos hacer comer a los gemelos Beymer —sugirió Andy cuando finalmente agarró la lata.

—Y quedaríamos, entonces, con unos gemelos Beymer *gigantes* —bromeó Evan—. No gracias.

—Hablando en serio, debes tener cuidado con ellos —le advirtió Andy—. Si Trigger los espantó esta mañana, deben estar buscándote para vengarse de ti. Ellos se creen invencibles, Evan. Pueden ser muy malos. Podrían lastimarte.

—Gracias por darme ánimos —dijo Evan afligido, mientras se quitaba de las manos unos pedacitos de Sangre de Monstruo que se le habían quedado pegados, y los echaba de nuevo en el balde.

—Estaba mirando un vídeo antes de que tú llegaras. La primera película de *Indiana Jones*. ¿Quieres verla?

Evan sacudió la cabeza.

—No. Mejor me voy. Tía Katheryn estaba preparando la cena cuando salí. Cortaba una especie de carne. Va a ser otra cena fabulosa, sentados allí en silencio mientras ella y su gata me observan.

—Pobre Evan —dijo Andy, medio en burla y medio en serio.

Evan alzó el balde, lleno sólo en sus dos terceras partes, y caminó con Andy hasta la puerta de en frente.

—Llámame más tarde, ¿de acuerdo? —pidió Andy.

Evan asintió y salió. Ella cerró la puerta tras él.

Iba por la mitad de la cuadra cuando los hermanos Beymer salieron de detrás de unos arbustos, con los puños cerrados en señal de pelea.

17

Evan quedó petrificado en su sitio, mirando a uno y luego al otro.

Nadie dijo ni una palabra.

Uno de los Beymer le arrancó el balde de la mano y lo tiró al suelo. El balde produjo un sonido sordo, mientras el contenido verde se esparcía lentamente por el césped, originando un desagradable ruido.

—¡Oigan! —gritó Evan para romper el tenso silencio.

No pudo decir nada más.

El otro gemelo lo golpeó fuertemente en el estómago.

Evan sintió el dolor extenderse por todo su cuerpo. El golpe lo dejó sin aliento. No podía respirar.

Evan no vio el siguiente golpe, que fue a dar directo a su mejilla, justo debajo del ojo derecho.

Evan sollozó de dolor y azotó las manos en el aire, indefenso.

Ahora lo golpeaban ambos hermanos. Luego uno de ellos le dio un empujón. Evan cayó tendido sobre la hierba.

El dolor se apoderó de él; luego sintió náuseas. Cerró los ojos respirando con dificultad y esperó a que el agudo dolor de su estómago se le fuera.

El suelo le daba vueltas. Abrió los brazos y trató de sostenerse con fuerza para no caer.

Cuando finalmente logró levantar la cabeza, Andy estaba a su lado, con los ojos desorbitados, mirándolo.

—Evan . . .

Evan gruñó. Se apoyó con las dos manos e intentó sentarse. El mareo lo obligó a recostarse; todavía sentía que el suelo le daba vueltas.

—¿Ya se fueron? —preguntó con los ojos cerrados, esperando que el mareo terminara.

—¿Rick y Tony? Los vi salir corriendo —dijo Andy, y se arrodilló a su lado—. ¿Te sientes bien? ¿Quieres que llame a mi mamá?

—Sí. No. No sé.

—¿Qué sucedió? —quiso saber Andy.

Evan levantó una mano hacia su mejilla.

—¡Aayy!

Ya estaba hinchada; no se la podía tocar.

—¿Te pegaron?

—Pudo ser eso, o tal vez me atropelló un camión —gruñó.

Unos minutos después —que parecieron horas— Evan estaba nuevamente de pie; respiraba normalmente y se frotaba la mejilla hinchada.

—Nunca había tenido una pelea —le dijo a Andy mientras sacudía la cabeza—. Nunca.

—No creo que haya sido exactamente una pelea —dijo ella, con expresión de preocupación.

Evan quiso reírse, pero le dolía el estómago.

—Tenemos que vengarnos —dijo Andy con amargura.

—Encontraremos el modo de vengarnos. Los muy imbéciles.

—Ah, mira. La Sangre de Monstruo —dijo Evan, y se acercó al lugar donde estaba regada la masa verde.

El balde estaba volteado. La cosa verde había caído en el césped y había dejado un charco amplio y espeso.

—Te ayudaré a meterla otra vez dentro del balde —dijo Andy, mientras se inclinaba para levantarla—. Espero que no dañe el césped. ¡A mi papá le da un ataque si se daña su adorado césped!

—Está muy pesada —dijo Evan, cuando intentó meter la masa en el balde—. No quiere moverse.

—Tratemos de recogerla a pedazos —sugirió Andy.

—¡Aahh!, no se despega —dijo sorprendido Evan—. Mira, está pegada.

—Está hecha una melcocha —dijo Andy—.

¿Alguna vez has visto cómo hacen melcocha en una de esas máquinas? La mezcla se mantiene toda pegada en un solo grumo gigante.

—Esto no es melcocha —murmuró Evan—. Es una porquería.

Entre los dos lograron levantar toda la masa verde y meterla dentro del balde. La sustancia hizo un nauseabundo sonido cuando cayó en el balde. Tanto Evan como Andy tuvieron dificultad para zafar la masa de sus manos.

—Está pegajosísima —dijo Andy con cara de desagrado.

—Y tibia —agregó Evan. Finalmente logró desprender la masa de sus manos.

—Es como si quisiera tragarse mis manos —dijo Evan, limpiándoselas en la camiseta—. Succionaba mis manos hacia adentro.

—Llévatela a tu casa —dijo Andy. —Alzó los ojos y vio a su madre haciéndole señas desde la ventana—. Ah, es hora de cenar. Tengo que irme.

Andy fijó la mirada en la mejilla hinchada de Evan.

—Espera a que tu tía te vea.

—Probablemente ni siquiera lo note —dijo Evan desconsolado, y agarró el balde de la manija—. ¿Qué vamos a hacer con esta cosa?

—Mañana la regresamos a la juguetería —contestó Andy mientras daba grandes pasos en dirección a su casa.

—¿Cómo?

—Eso es lo que vamos a hacer. Sencillamente la regresamos.

Evan pensó que ésa no era una buena idea. Pero no tenía ánimos para discutir en ese momento. Vio desaparecer a Andy. Luego se dirigió lentamente hacia la casa de su tía Katheryn; sentía que le martillaban en la cabeza; le dolía el estómago.

Moviéndose cautelosamente junto a la pared de la casa, se metió en el garaje a través de la puerta lateral para esconder el balde de Sangre de Monstruo. Lo metió detrás de una carretilla volcada; el balde estaba lleno hasta el borde.

"Pero como puede ser si le di un buen pedazo a Andy", pensó. "El balde estaba lleno sólo en dos terceras partes".

"Debo encontrar un lugar más grande para meter esto", decidió. "Esta noche. Tal vez encuentre una caja o algo así en el sótano".

Entró furtivamente a la casa, con la intención de lavarse un poco antes de ver a Katheryn. Evan vio que la tía estaba aún ocupada en la cocina, inclinada sobre la estufa, dando los últimos toques a la cena. Subió las escaleras de puntillas y se lavó. Incapaz de hacer nada por su mejilla golpeada, decidió cambiarse el pantalón por unos pantalones cortos y ponerse una camiseta limpia. Se cepilló el pelo con cuidado.

Cuando se sentaron a la mesa del comedor, Katheryn vio la mejilla hinchada de Evan.

—¿Estuviste peleando? —preguntó sospechando algo—. Eres un buscapleitos, ¿no es cierto? Como tu padre. Pollito siempre estaba lleno de raspones, siempre buscando líos con muchachos el doble de grandes que él.

—Yo no estaba exactamente buscando líos con nadie —murmuró Evan, y pinchó un pedazo de carne con el tenedor.

Durante toda la cena Katheryn no dejó de mirar la mejilla de Evan, pero no dijo una palabra más al respecto.

"A ella no le importa si estoy lastimado o no", pensó Evan con tristeza.

"Realmente no le importa".

"Ni siquiera me preguntó si me dolía".

En cierto modo estaba agradecido. No necesitaba que ella se disgustara y armara un problema porque él había tenido una pelea, pues hasta hubiera podido llamar a sus padres a Atlanta para contarles.

Bueno... no podía llamar a sus padres. No podía usar el teléfono, pues no oía.

Evan se comió todo el guiso de res. Estaba bastante bueno, excepto las verduras.

El silencio parecía tan profundo que Evan comenzó a pensar en su problema: la Sangre de Monstruo.

"¿Debería contárselo a Katheryn?"

"Podía escribirle todo en la libreta amarilla y entregársela para que leyera. Sentiría tanto alivio de contárselo a alguien, de dejar que un adulto se encargara del problema y lo resolviera".

Pero no a su tía Katheryn, decidió.

Ella era demasiado extraña.

No entendería.

No sabría qué hacer.

Y no le importaría.

Andy tenía razón. Debían regresar la porquería esa a la juguetería. Deshacerse de ella.

Pero mientras tanto, él tenía que encontrar algo en qué meter la masa esa.

Evan esperó en su habitación hasta que escuchó a su tía Katheryn irse a la cama poco después de las diez. Entonces se escurrió escalera abajo y se dirigió al garaje.

18

Era una noche clara y fresca. Los grillos hacían un ruido permanente y ahogaban cualquier otro sonido. En el cielo brillaban algunas estrellitas.

El rayo de luz de la linterna que llevaba en la mano iluminaba el camino de entrada, guiando a Evan hacia el garaje. Cuando entró, algo hizo un ruido cerca de la pared de atrás.

"Quizás fue sólo una hoja seca que voló con el viento cuando abrí la puerta", pensó esperanzado.

Movió la linterna, vacilante, alumbrando la carretilla volteada. La luz pasó rápidamente sobre el techo del garaje cuando Evan se inclinó para buscar detrás de la carretilla y sacar el recipiente con la Sangre de Monstruo.

Movió la linterna hacia el centro del balde, y sofocó un grito.

La sustancia verde y gelatinosa llegaba hasta el borde.

"Está creciendo más de prisa que antes", pensó.

"*Tengo que* encontrar algo más grande para esconderla, sólo por esta noche".

El balde era demasiado pesado para alzarlo con una sola mano. Se metió la linterna bajo el brazo, asió la manija del balde con ambas manos y lo arrastró por el piso.

Con cuidado de no derramarlo, entró a la casa, que estaba a oscuras. Se detuvo frente a la puerta de las escaleras del sótano; silenciosamente dejó el balde sobre el piso de linóleo.

Encendió la luz en el interruptor de la pared. En algún lugar del sótano temblaba una luz mortecina.

"Debe haber algo en qué poner esta cosa allá abajo", pensó Evan. Arrastrando el balde, bajó las escaleras cuidadosamente y apoyó el hombro en la pared para sostenerse.

Esperó a que sus ojos se acostumbraran a la poca luz; luego vio que el sótano era un cuarto húmedo, grande y de techo bajo. Estaba lleno de cajas de cartón, montones de periódicos y revistas; muebles antiguos y electrodomésticos cubiertos con sábanas viejas y amarillentas.

Algo rozó su cara cuando llego al final de los escalones.

Evan emitió un grito ahogado, dejó caer el balde y levantó las manos para quitarse de la cara las espesas telarañas que parecían atraparlo. Las telarañas se le pegaron a la piel; al quitárselas frenéticamente sintió que estaban secas y que producían rasquiña.

De repente se dio cuenta de que no eran telarañas lo que tenía en la mejilla.

Era una araña.

Respiró profundo y se la quitó de encima. Aún después de ver al insecto correr por el piso podía sentir las patas del animal sobre su cara.

Con el corazón acelerado se alejó de la pared, buscando con los ojos a través de las repisas de la pared más lejana; entonces se enredó con algo que había en el piso.

—¡Ay!

Evan cayó de cabeza, con las manos estiradas para amortiguar la caída.

¡Un cuerpo humano!

¡Alguien yacía debajo de él!

No.

"Calma, Evan. Cálmate", se dijo a sí mismo.

Tembloroso, se puso de pie.

Había caído sobre un maniquí de confección. Probablemente un modelo de Katheryn cuando era joven.

Lo hizo a un lado mientras sus ojos buscaban un recipiente para guardar la Sangre de Monstruo. ¿Qué sería aquel objeto que se encontraba frente a la mesa de trabajo?

Se acercó y pudo ver una vieja tina de baño, cuyo interior estaba manchado y descascarado. Se dio cuenta de que era lo suficientemente grande.

Rápidamente decidió echar allí el espeso engrudo.

Levantó el balde sobre el borde de la tina con mucho esfuerzo. Los músculos de su estómago estaban aún adoloridos por los puñetazos; el dolor le recorría todo el cuerpo.

Esperó a que el dolor disminuyera, luego volteó el balde. La espesa sustancia verde rodó fuera del recipiente y golpeó el fondo de la tina con un nauseabundo *plop*.

Evan dejó a un lado el balde y observó la Sangre de Monstruo; vio cómo burbujeaba cubriendo el fondo de la tina. Para su sorpresa, la tina quedó llena hasta la mitad.

¡Qué rápido crecía esa cosa!

Estaba inclinado sobre la tina, preparándose para regresar arriba, cuando escuchó chillar la gata.

Sorprendido, se separó del borde de la tina justo cuando Sarabeth trepó por su espalda. Evan no tuvo tiempo de gritar; perdió el equilibrio y cayó por el borde de la tina en el engrudo verde y espeso.

19

Evan aterrizó bruscamente sobre los codos; por fortuna la Sangre de Monstruo amortiguó la caída. Escuchó chillar la gata, que luego desapareció.

Se hundía en el engrudo, mientras sus brazos y piernas luchaban inútilmente por salir. La sustancia pegajosa lo chupaba con una fuerza sorprendente.

Todo su cuerpo parecía pegado a esa cosa como si fuese cemento. Burbujeaba y subía lentamente hasta llegarle a la cara. Evan estaba convencido de que se iba ahogar.

"Está intentando asfixiarme", pensó.

El calor de la cosa se extendía por todo su cuerpo; le invadió el pecho, las piernas, el cuello.

"No me puedo mover".

"Estoy atrapado".

"Me va a asfixiar".

"¡No!"

Apenas pudo levantar la cabeza. El engrudo verde comenzó a cubrirle la cara.

—¡No! —gritó Evan con fuerza cuando la cosa verde le llegó hasta el cuello.

Lo chupaba. Lo estaba succionando hacia abajo.

—¡No!

Luego trató de inclinar el cuerpo hacia adelante. Con mucho esfuerzo, y en medio de gritos y bufidos, logró sentarse.

La sustancia verde subía cada vez más, como si quisiera cubrirlo, llevarlo hacia el fondo.

Evan se agarró del borde de la tina y comenzó a hacer fuerza hacia arriba. Necesitaba luchar contra aquella fuerza extraña que lo arrastraba hacia abajo con energía renovada.

"Arriba. Arriba".

—¡No! —logró gritar, mientras el engrudo le llegaba hasta los hombros.

—¡No!

Ya tenía los hombros cubiertos y la cosa le subía por el cuello. El engrudo succionaba a Evan, lo jalaba hacia sus profundidades pegajosas.

Hacia abajo. Hacia abajo.

"Me atrapó", pensó convencido.

"Ahora sí me atrapó".

20

—¡No! —gritó Evan cuando el engrudo verde le burbujeó en el cuello.

Lo arrastraba hacia abajo.

—¡No!

"Trata otra vez. Sube".

"Otra vez".

"Sube. Sube".

—¡Sí!

Agarrado de los bordes de la tina, trataba de incorporarse y despegarse del engrudo; tiraba con todas sus fuerzas.

¡Sí! ¡Sí! Lo estaba logrando.

Él era más fuerte que la cosa. Un esfuerzo más y estaría libre.

Con un suspiro de alivio, se dejó caer sobre el borde de la tina y luego sobre el frío piso del sótano.

Se quedó allí, sobre el concreto húmedo, y tomó aliento.

Cuando levantó la cara, vio a Sarabeth a pocos

pasos de él, con la cabeza hacia un lado, los ojos amarillos clavados en los suyos; había una expresión de satisfacción suprema en la oscura cara felina.

A la mañana siguiente, después de dormir muy mal, Evan trajo la libreta de forro amarillo y un marcador a la mesa del desayuno.

—Bueno, bueno —lo saludó Katheryn, poniéndole el plato de cereal de trigo delante—, ¡de verdad te ves como si la gata te hubiera dado una paliza!

Katheryn se rió y sacudió la cabeza.

—No menciones la palabra *gato* —murmuró Evan. Hizo a un lado el tazón de cereal y señaló la libreta en su mano.

—No dejes que el cereal se te ablande —protestó Katheryn, acercándole el tazón nuevamente—. Así obtienes más vitaminas. Y es buena fibra.

—No me importa tu estúpida fibra —dijo Evan furioso, convencido de que ella no podía oírlo. Le mostró la libreta y comenzó a escribir; garabateaba letras grandes y negras.

La tía se interesó al verlo escribir. Se levantó de la mesa y se puso detras de él; clavó los ojos en el papel mientras Evan escribía su desesperado mensaje.

—TENGO UN PROBLEMA —escribió—. NECESITO TU AYUDA. LA TINA DEL SÓTANO ESTÁ HASTA EL BORDE DE SANGRE

103

VERDE DE MONSTRUO Y NO PUEDO EVITAR QUE SIGA CRECIENDO.

Soltó el marcador y le acercó el papel a la cara.

Sentado en su taburete alzó la mirada hacia ella. Pálida, a la luz de la mañana, con su bata de casa de franela gris, súbitamente Katheryn le pareció muy anciana. Sólo sus vibrantes ojos azules, que recorrían las palabras escritas por él, parecían jóvenes y vivaces.

Tenía los labios apretados; leía con atención lo que el chico había escrito. Luego, cuando Evan la miró ansioso, una amplia sonrisa se dibujó en la cara de la tía. Echó la cabeza hacia atrás y se rió.

Completamente desconcertado por la reacción de ella, Evan corrió su asiento hacia atrás y se puso de pie de un salto. La tía apoyó una mano sobre el hombro de Evan y le dio un apretón suave.

—¡No le tomes el pelo a una anciana! —exclamó, y sacudió la cabeza. —Dio media vuelta y se dirigió al otro lado de la mesa—. Pensé que eras serio. Veo que no eres muy parecido a tu padre. Él nunca me hizo chistes tontos ni bromas. Pollito fue siempre un chico muy serio.

—¡*Pollito me importa un rábano!* —gritó Evan descontrolado, y luego lanzó violentamente la libreta sobre la mesa del desayuno.

Su tía estalló en carcajadas. Parecía no ver la mirada de frustración de Evan, ni sus manos apretadas a los lados, empuñadas.

—¡Sangre de Monstruo! ¡Qué imaginación! —dijo limpiándose las lágrimas que había soltado de la risa. Súbitamente, su expresión se tornó seria. Lo agarró por el lóbulo de la oreja y lo pellizcó.

—Te advertí —le susurró— te advertí que tuvieras cuidado.

—¡Ayayay!

Cuando Evan gritó de dolor, Katheryn lo soltó; los ojos de ella brillaban como zafiros.

"Tengo que salir de aquí", pensó Evan frotándose la oreja. Se dio vuelta y salió rápidamente de la cocina hacia su dormitorio.

"Ella no me va a ayudar mucho", pensó desconsolado.

"Sólo es una anciana loca".

"Debí haberla llevado hasta el sótano y mostrarle la cosa esa", pensaba furioso, mientras tiraba al piso la ropa que había usado el día anterior.

"¿De qué habría servido? Quizás se hubiera reído también. Ella no me va a ayudar".

Entendió que sólo tenía una persona en quien podía confiar.

Andy.

La llamó, marcando los números con los dedos temblorosos.

—¡Hola! Tienes razón —dijo sin darle oportunidad de decir nada—. Tenemos que regresar la cosa esa a la juguetería.

—Si es que la *podemos* cargar —replicó Andy,

que se oía preocupada—. Ese pedazo de Sangre de Monstruo que me diste... creció y se salió de la lata de café. La puse en el balde para el hielo, pero ya se está saliendo de ahí.

—¿Qué tal si usamos una bolsa de plástico para basura? —sugirió Evan—. Una bolsa grande de esas que se usan para la hierba del césped. Probablemente podamos transportarla en varias de ésas.

—Vale la pena intentarlo —dijo Andy—. Esta cosa es una porquería. Hace ruidos asquerosos y es muy pegajosa.

—Dímelo a mí —respondió Evan afligido, recordando la noche anterior—. Me di un *chapuzón* dentro de esa cosa.

—¿Cómo? Me lo explicas luego —dijo ella con impaciencia—. La tienda de juguetes abre a las diez, creo. Te espero en la esquina en veinte minutos.

—Perfecto.

Evan colgó el teléfono y se dirigió al garaje a buscar una bolsa de plástico de jardinería.

Andy apareció con su bolsa de plástico enrollada alrededor del manubrio de su bicicleta BMX. Una vez más, Evan tuvo que ir caminando al lado de ella. La bolsa de Evan tenía protuberancias y estaba tan pesada que debía arrastrarla por la acera. No la podía alzar.

—La tina estaba llena casi hasta el borde —le

dijo Evan a Andy. Gruñía tratando de arrastrar la bolsa por la acera—. Me da miedo que la bolsa se vaya a reventar.

—Sólo nos faltan un par de cuadras —dijo ella tratando de animarlo. Un auto pasó lentamente. El conductor, un adolescente de pelo largo y negro, sacó la cabeza por la ventana sonriendo:

—¿Qué llevan en esa bolsa? ¿Un cadáver?

—Es basura —le respondió Evan.

—En serio que sí —murmuró Andy a medida que el auto se alejaba.

Varias personas se detuvieron a observarlos cuando llegaron al centro.

—Hola, señora Winslow —saludó Andy a una amiga de su madre.

La señora Winslow la saludó con la mano, luego la miró con curiosidad y entró en la tienda de víveres.

Andy se bajó de la bicicleta y empezó a caminar. Evan continuó arrastrando su abultada bolsa.

Siguieron caminando hasta la siguiente cuadra y luego comenzaron a cruzar la calle hacia la tienda de juguetes.

Ambos se detuvieron de repente en medio de la calle.

Aterrados, ahogaron un grito.

La puerta y la vidriera de la tienda estaban tapadas con tablas. Un pequeño letrero, escrito a mano, encima de la puerta, decía: NEGOCIO CERRADO.

21

Desesperado por deshacerse del contenido asqueroso de las bolsas de basura, Evan golpeó a la puerta.

—¡Oigan! ¡Abran la puerta! ¡Abran!

No hubo respuesta.

Evan golpeó con los puños.

Silencio.

Finalmente, Andy tuvo que alejarlo de allí.

—La tienda está cerrada —dijo una joven mujer desde el otro lado de la calle—. La cerraron hace pocos días. ¿Ven? Está cerrada con tablas y todo.

—Muy amable —murmuró Evan entre dientes. Luego le dio un puño a la puerta con todas sus fuerzas.

—Ya, Evan. Te vas a lastimar —le previno Andy.

—¿Ahora qué hacemos? —preguntó Evan—. ¿Tienes alguna otra idea fantástica, Andy?

Ella se encogió de hombros.

—Te toca el turno de pensar en algo brillante.

Evan suspiró desconsolado.

—Tal vez se la podría dar a Katheryn y decirle que es carne de res. Entonces ella la cortaría en trozos con ese cuchillo que carga a todas horas.

—No creo que estés pensando con claridad en este momento —dijo Andy, poniéndole una mano en el hombro.

Ambos miraron fijamente las bolsas de basura. Parecía como si se movieran: se expandían y se contraían, ¡como si el engrudo verde de adentro respirara!

—Volvamos a la casa de Katheryn —dijo Evan con voz temblorosa—. Tal vez se nos ocurra algo por el camino.

Arrastraron, como pudieron, la Sangre de Monstruo hasta la casa de Katheryn. El sol estaba en lo alto del cielo. Se dirigían hacia el jardín de atrás. Evan estaba bañado en sudor. Le dolían los brazos. La cabeza le palpitaba.

—¿Ahora qué? —preguntó débilmente, y soltó la bolsa.

Andy apoyó su bici en la pared del garaje y señaló un gran bote de aluminio que estaba cerca de la puerta del garaje.

—¿Qué te parece eso? Se ve bastante resistente —dijo, y se acercó—: Y, mira... la tapa se ajusta firmemente.

—De acuerdo —aprobó Evan, secándose el sudor de la frente con la manga de la camiseta.

Andy quitó la tapa del bote. Luego tiró adentro el contenido de su bolsa plástica. El engrudo golpeó el fondo con un sonido acuoso. Luego empezó a ayudar a Evan.

—Está muy pesada —refunfuñó Evan, luchando por levantar la bolsa.

—Entre los dos podremos —insistió Andy.

Juntos lograron botar la Sangre de Monstruo que quedaba en la bolsa plástica de Evan. Se deslizó como una ola de mar picado; cayó dentro del bote con estrépito y se elevó como si intentara escapar.

Con un suspiro de alivio, Evan cerró el bote de un golpe y selló la tapa.

—¡Uuff! —exclamó Andy.

Ambos se quedaron mirando el bote un largo rato, como si esperaran que explotara o reventara.

—¿Y ahora? —preguntó Evan con cara de terror.

Antes de que Andy pudiera responder, vieron salir a Katheryn por la puerta de la cocina. Los buscó por el jardín hasta que los divisó.

—¡Evan, buenas noticias! —le gritó.

Evan y Andy dieron un vistazo al bote y corrieron hacia Katheryn; tenía en la mano un trozo de papel amarillo. Un telegrama.

—Tu madre vendrá a recogerte esta tarde —dijo Katheryn con una amplia sonrisa en el rostro.

"Creo que Katheryn se alegra de deshacerse de mí", fue lo primero que pensó Evan.

Luego olvidó ese pensamiento y saltó de alegría. Eran las mejores noticias que podía recibir.

—¡Me voy de aquí! —exclamó cuando su tía entró a la casa—. ¡Me voy de aquí! ¡No veo la hora!

Pero al parecer Andy no compartía su dicha.

—Le vas a dejar a tu tía una pequeña sorpresa allá afuera —dijo Andy señalando el bote de basura.

—¡No me importa! ¡Me voy de aquí! —repitió Evan, y extendió la mano para chocarla con Andy.

Andy no le siguió el juego.

—¿No crees que debemos contarle a alguien acerca de la Sangre de Monstruo? Debemos hacer algo al respecto... antes de que te vayas.

Evan estaba demasiado excitado para pensar por ahora en eso.

—¡Ven, Trigger! —dijo, corriendo hacia el corral del perro—. ¡Trigger, nos vamos a casa!

Evan abrió la reja y sofocó un grito.

22

—¡Trigger!

El perro que venía trotando hacia él *se parecía* a Trigger. Pero el cocker spaniel era del tamaño de. un poni. Estaba el *doble* de grande que el día anterior.

—¡No!

Evan cayó de bruces cuando Trigger, emocionado, saltó sobre él.

—¡Espera!

Antes de que Evan pudiera ponerse en pie, Trigger comenzó a ladrar ferozmente. El enorme perro ya iba más allá de la reja, corriendo como un relámpago hacia la calle.

—¡No puedo creerlo! —gritó Andy. Aturdida, se tapó la cara con las manos; entretanto, la gigantesca criatura daba la vuelta a la casa y se perdía de vista.

—¡Está... enorme!

—¡Debemos detenerlo! ¡Podría lastimar a alguien! —gritó Evan—. ¡Trigger! ¡Trigger, vuelve acá!

Todavía tambaleándose, Evan comenzó a correr y a llamar a Trigger con desesperación. Tropezó con la bicicleta de Andy y cayó sobre el bote de basura.

—¡No! —gritó Andy, mirando impotente cómo el bote se volteaba, con Evan a horcajadas. El bote cayó luego sobre el pavimento con un estrepitoso *clang*.

La tapa saltó y rodó lejos.

El engrudo verde se derramó.

Se escurrió fuera del bote; luego se detuvo y empezó a levantarse. Temblando y produciendo sonidos de succión, comenzó a erguirse.

Mientras los dos chicos observaban horrorizados, la masa verde parecía cobrar vida, como una criatura recién nacida que se estiraba y miraba de un lado a otro.

Luego, con un estrepitoso sonido de succión, se inclinó hacia Evan, que permanecía tirado sobre el bote.

—¡Levántate, Evan! —gritó Andy—. Leván- tate! ¡Te va a atacar!

23

—¡Nooooo!

Evan gritó como un animal, con un sonido que nunca antes había producido; luego esquivó la gigantesca bola de materia temblorosa que se le acercaba.

—¡Corre, Evan! —gritó Andy. Lo tomó de la mano y lo ayudó a ponerse de pie.

—¡Está viva! —lloró—. ¡Corre!

La Sangre de Monstruo se golpeó con gran estrépito contra la pared del garaje. Se quedó adherida allí unos segundos. Luego se despegó y saltó hacia ellos con sorprendente velocidad.

—¡Auxilio! ¡Auxilio!

—¡Socorro! ¡Por favor, auxilio!

Gritando a todo pulmón, Evan y Andy se dieron a la huida. Evan, con las piernas debilitadas por el miedo, siguió a Andy por la entrada del garaje hasta el jardín del frente.

—¡Auxilio! ¡Por favor! ¡Ayúdennos!

Evan tenía la voz ronca de gritar. El corazón

parecía querer salírsele del pecho. Sus sienes palpitaban.

La Sangre de Monstruo venía detrás, muy cerca de ellos; cada salto la hacía ganar velocidad. Recorría el césped produciendo un desagradable sonido con cada rebote.

Plop. Plop. Plop.

Un petirrojo que buscaba un gusano en el pasto no tuvo tiempo ni de mirar; la masa verde y gelatinosa lo atrapó.

—¡Ay! —se lamentó Evan al volverse a mirar. La bola verde había chupado al petirrojo. El pobre movía las alas frenéticamente; luego emitió un chillido y desapareció dentro de la masa.

Plop. Plop. Plop.

La Sangre de Monstruo cambió de dirección, saltando y temblando. A su paso iba dejando manchas blancas sobre el césped, como huellas gigantescas y redondas.

—¡Está viva! —gritó Andy con las manos en las mejillas—. ¡Ay, Dios mío... está viva!

—¿Qué hacemos? ¿Qué hacemos? —dijo Evan, aterrado de escuchar su propia voz llena de espanto.

—¡Nos está alcanzando! —gritó Andy y tiró a Evan de la mano—. ¡Corre!

Los niños llegaron frente a la casa jadeando como nunca.

—¿Qué pasa? —se escuchó decir a una voz.

Evan se asustó al oír la voz y se detuvo. Vio en

115

la acera a los hermanos Beymer, con sendas sonrisas en la cara.

—Mi saco de arena favorito para practicar el boxeo —le dijo uno de ellos a Evan, y levantó un puño en forma amenazadora.

Se acercaron unos cuantos pasos hacia Evan y Andy. Luego sus sonrisas desaparecieron. Abrieron la boca con una mueca de horror cuando la masa gigante apareció rodando tan veloz como una bicicleta.

—¡Cuidado! —gritó Evan.

—¡Corran! —gritó Andy.

Pero los gemelos estaban demasiado asustados para moverse. Tenían los ojos desorbitados por el pánico; sólo atinaron a ponerse las manos sobre la cabeza para protegerse.

Plop. Plop. Plop.

La enorme bola de Sangre de Monstruo ganaba velocidad a medida que avanzaba. Evan cerró los ojos, en el momento que la cosa verde atrapó a los gemelos.

—¡Ay!

—¡No!

Los hermanos gritaban, agitando los brazos al viento, luchando por liberarse.

—¡Auxilio! ¡Por favor, ayúdennos!

Sus cuerpos se retorcían y se enroscaban en el combate.

Estaban fuertemente adheridos. El engrudo verde los tenía cubiertos por completo.

Luego los chupó hacia adentro. *Chuik*.

Andy se tapó los ojos.

—Asqueroso —murmuró—. Qué asqueroso.

Evan miraba enmudecido cómo los hermanos Beymer dejaban de luchar finalmente.

Los brazos de los gemelos quedaron fláccidos. Las caras desaparecieron entre el engrudo tembloroso.

Los dos muchachos se hundían más y más y los sonidos de succión aumentaban. A continuación la Sangre de Monstruo rebotó muy alto, dio la vuelta y subió de regreso por el camino de entrada.

Andy y Evan estaban petrificados.

—¡Separémonos! —vociferó Evan—. ¡No puede perseguirnos a los dos!

Andy miró a Evan con terror. Abrió la boca, pero no emitió ningún sonido.

—¡Separémonos! ¡Separémonos! —chilló Evan angustiado.

—Pero... —comenzó a decir Andy.

Antes de que pudiera hablar, la puerta del frente de la casa se abrió de un golpe y Katheryn salió hasta el portal.

—Oigan, ¿qué están haciendo, muchachos? ¿Qué es *eso?* —gritó, mientras se agarraba a la puerta de tela metálica. En sus ojos se podía ver el horror.

La masa gigante aumentó la velocidad y se lanzó hacia la entrada de la casa.

Katheryn sacudía las manos aterrorizada. Permaneció paralizada por un momento tratando de comprender lo que veían sus ojos. Después, dejó la puerta abierta de par en par, dio media vuelta y entró rápidamente a la casa.

Plop. Plop.

La Sangre de Monstruo vaciló frente a los escalones.

Dio un salto en el mismo sitio una, dos, tres veces, como si estuviera pensando qué hacer a continuación.

Evan y Andy enmudecieron y trataron de recuperar el aliento.

Evan sintió náuseas cuando distinguió a los hermanos Beymer todavía visibles dentro del engrudo gigante; parecían prisioneros sin rostro que saltaban sin voluntad dentro de esa cosa.

De repente, la Sangre de Monstruo saltó y subió aparatosamente los escalones de la entrada.

—¡No! —gritó Evan, mientras el monstruo entraba con dificultad por la puerta. Luego desapareció en el interior de la casa.

Andy y Evan escucharon desde el jardín el alarido de Katheryn que les heló la sangre.

24

Evan fue el primero en llegar a la casa. Había corrido tan rápido que sentía los pulmones a punto de estallar.

—¿Qué vas a hacer? —le gritó Andy, que lo seguía muy de cerca.

—No sé —replicó Evan. Tiró de la puerta de tela metálica y se metió a la casa.

—¡Tía Katheryn! —gritó Evan, e irrumpió en la sala.

El engrudo gigante ocupaba el centro de la pequeña habitación. Se veían las siluetas de los gemelos Beymer cada vez que la cosa saltaba y temblaba. La masa verde iba dejando sus pegajosas huellas a su paso por la alfombra.

A Evan le tomó unos instantes ubicar a su tía. La masa informe de Sangre de Monstruo la había obligado a retroceder hasta la chimenea.

—¡Tía Katheryn, corre! —gritó Evan.

Pero se dio cuenta de que la tía no tenía hacia dónde escapar.

—¡Salgan de aquí, niños! —gritó Katheryn con voz temblorosa y aguda. De repente la voz se le escuchaba muy vieja.

—Pero, tía Katheryn...

—¡Salgan de aquí, ya! —insistió la anciana. Su cabello negro estaba revuelto, sus ojos, aquellos ojos azules y penetrantes, miraban fijamente al engrudo verde como para hacerlo retroceder.

Evan miró a Andy sin saber qué hacer.

Andy se ponía las manos a los lados de la cabeza; tenía los ojos muy abiertos. El temor aumentaba a medida que la masa agitada avanzaba hacia la tía de Evan.

—¡Salgan! —repitió Katheryn con angustia—. ¡Salven sus vidas! ¡Yo creé esta cosa! ¡Ahora debo morir por ello!

Evan enmudeció.

¿Había escuchado correctamente?

¿Qué acababa de decir su tía?

Las palabras se repetían en su mente, con claridad. Eran claras... y aterradoras.

"Yo creé esta cosa. Ahora debo morir por ello".

25

—¡No!

Evan enmudeció de horror al ver que la masa nauseabunda de Sangre de Monstruo se acercaba a su tía. Sintió que la habitación se inclinaba y daba vueltas, y se apoyó sobre el espaldar del sofá de Katheryn. Por su mente pasaron varias imágenes:

Vio el extraño pendiente que Katheryn siempre llevaba en el cuello.

Los libros misteriosos que cubrían las paredes de su dormitorio.

Sarabeth, la gata negra, con aquellos ojos amarillos.

El chal negro en el que Katheryn se envolvía todas las tardes.

"Yo creé esta cosa. Ahora debo morir por ello".

Ahora Evan lo veía todo más claro; comenzaba a entender.

Evan recordó el día que Andy y él habían traído

a casa la lata de Sangre de Monstruo de la juguetería.

Katheryn insistió en que quería verla.

Observarla.

Tocarla.

Recordó la manera cómo ella le había dado vueltas a la lata en sus manos, examinándola cuidadosamente, moviendo silenciosamente los labios mientras leía la etiqueta.

¿Qué hacía? ¿Qué decía?

Un pensamiento apareció de súbito en la mente de Evan.

¿Habría ejercido algún hechizo sobre la lata?

¿Un hechizo para hacer que la Sangre de Monstruo creciera? ¿Un hechizo para aterrorizarlo a él?

Pero, ¿por qué? Ni siquiera conocía a Evan.

¿Por qué querría asustarlo? ¿Para... *matarlo?*

—Ten cuidado —le había advertido al devolverle la lata azul—. Ten cuidado.

Era una verdadera advertencia.

Una advertencia contra su hechizo.

—¡Tú hiciste esto! —gritó Evan con una voz que ni él mismo reconocía. Las palabras le salían solas. No tenía control sobre ellas.

—¡Tú hiciste esto! ¡Tú la hechizaste! —repitió, señalando a su tía con un dedo acusador.

Los ojos azules de la tía brillaban a medida que iban leyendo los labios de Evan. Enseguida empezaron a llenarse de lágrimas, que corrían por sus pálidas mejillas.

—¡No! —gritó—. ¡No!

—¡Tú le hiciste algo a la lata! ¡Tú provocaste esto, tía Katheryn!

—¡No! —lloró Kateryn, gritando más fuerte que los nauseabundos gruñidos de la montaña de engrudo que casi la tapaban de la vista de Evan.

—¡No! —lloró Katheryn y se recostó en la repisa de la chimenea—. ¡Yo no lo hice! ¡Fue *ella*!

Y señaló con un dedo acusador a Andy.

26

¿Andy?

¿La tía Katheryn acusaba a Andy?

Evan giró para mirar a Andy.

Pero Andy también se volvió.

De inmediato Evan comprendió que su tía no señalaba a Andy, señalaba más allá de Andy. A Sarabeth.

Parada en la puerta de la sala, la gata negra arqueaba el lomo y observaba a Katheryn con sus ojos amarillos y centellantes.

—¡Ella lo hizo! ¡Fue ella! —declaró Katheryn, señalando a la gata con desesperación.

El pedazo enorme de masa verde dio un salto hacia atrás, retrocedió un paso, como si hubiese sido herido por las palabras de Katheryn. Dentro del horrible grumo se movían unas sombras; la luz que se filtraba por la ventana del salón iluminaba su vientre tembloroso.

Evan miró fijamente a la gata, luego volvió la vista hacia Andy. Ella se encogió de hombros;

tenía el rostro petrificado por el horror y el desconcierto.

"La tía Katheryn está loca", pensó Evan con tristeza.

"Ha perdido la razón completamente".

"Lo que dice no tiene sentido".

—¡Ella es! —repetía Katheryn.

La respuesta de la gata fue un silbido.

La masa, con los gemelos Beymer, dio un salto en el mismo lugar.

—¡Mira! —le gritó Evan a Andy cuando repentinamente la gata negra se paró sobre las patas traseras.

Andy ahogó un alarido y apretó el brazo de Evan. Tenía la mano fría como el hielo.

La gata siseó de nuevo y creció como una sombra sobre la pared. Sacó las uñas y arañó el aire. Cerró los ojos, y se envolvió en una total oscuridad.

Nadie se movió.

Los únicos sonidos audibles eran los que hacía la masa verde y el latir del corazón de Evan.

Todos los ojos estaban clavados en la gata que se levantaba, se estiraba y crecía. Mientras crecía, combiaba de forma.

Se volvía humana.

Las sombras tomaron forma de piernas y brazos.

Luego la sombra salió de la oscuridad.

Sarabeth era ahora una joven mujer, con cabello

rojo como el fuego, piel pálida y ojos amarillos; aquellos mismos ojos amarillos que espantaron a Evan el día de su llegada. La joven mujer estaba vestida con un traje negro vaporoso que le llegaba hasta los tobillos.

Sarabeth, de pie en la puerta, bloqueó la salida y miró acusadoramente a Katheryn.

—¿Lo ven? Fue ella —dijo Katheryn ya más calmada. —Luego, dirigió a Sarabeth las siguientes palabras—: Tu hechizo sobre mí está roto. No haré nada más para ti.

Sarabeth echó hacia atrás su cabello por encima del hombro y se rió.

—Yo soy quien decide lo que haces, Katheryn.

—No —insistió Katheryn—. Me has utilizado durante veinte años, Sarabeth. Durante veinte años me has tenido prisionera aquí, atrapada con tu hechizo. Ahora utilizaré la Sangre de Monstruo para escapar de ti.

Sarabeth rió otra vez.

—No puedes escapar, infeliz. Todos ustedes deben morir ahora. Todos.

27

—Todos tienen que morir —repitió Sarabeth. En su sonrisa se podía ver cuánto disfrutaba esas palabras.

Katheryn se volvió hacia Evan; el miedo se reflejaba en sus ojos.

—Hace veinte años pensé que ella era mi amiga. Yo estaba muy sola aquí. Creí que podía confiar en ella. Pero me hizo un hechizo. Y luego otro. Me volvió sorda con su magia. Me prohibió aprender a leer los labios o a usar signos. Ésa era la manera de mantenerme prisionera.

—Pero, tía Katheryn... —intentó decir Evan.

La tía se llevó un dedo a los labios, pidiéndole silencio.

—Sarabeth me obligó a hechizar la lata de Sangre de Monstruo. Ella me había advertido que no podía recibir huéspedes. Yo soy su esclava. He sido su sirvienta personal durante todos estos años. Quería que la obedeciera en todo, que realizara todas sus maldades.

—Cuando llegaste tú —continuó Katheryn, con la espalda todavía contra la repisa de la chimenea—, ella decidió asustarte para que te fueras. Pero fue imposible. No tenías adónde ir. Luego quiso desesperadamente quitarte del camino. Temía que tú fueras a descubrir su secreto, que de alguna manera tú me liberaras del embrujo. Sarabeth decidió entonces que tú debías morir.

Katheryn cerró los ojos y suspiró.

—Lo siento, Evan. No tenía alternativa, no tenía voluntad propia —dijo Katheryn mirando a Sarabeth—. Pero esto se acabó. No más. No más. Cuando me lance dentro de esta criatura espectral, Sarabeth, terminaré con tu hechizo. Terminaré con tu poder sobre mí.

—Los niños morirán de todas maneras —dijo Sarabeth con voz fría y serena.

—¿Qué dices? —los ojos de Katheryn se llenaron de rabia—. Yo me iré, Sarabeth. Deja a los niños. No tienes ninguna razón para lastimarlos.

—Saben demasiado —replicó suavemente Sarabeth, cruzando sus finos brazos frente a ella, con los ojos brillantes.

—Tenemos que salir de aquí —le susurró Evan a Andy, sin quitarle de encima los ojos a la masa verde.

—Pero, ¿cómo? —le susurró Andy—. Sarabeth está obstruyendo la salida.

Los ojos de Evan recorrieron rápidamente la habitación, en busca de otra salida de escape.

Nada.

Sarabeth levantó un brazo y lo extendió en dirección de la cosa verde, como llamándola.

La cosa tembló una, dos veces, luego se movió obedientemente hacia ella.

—¡No, Sarabeth! ¡Detente! —suplicó Katheryn.

Ignorando a Katheryn, Sarabeth volvió a hacer el mismo movimiento con la mano.

La masa verde avanzó hacia adelante.

—Mata a los niños —ordenó Sarabeth.

La gigantesca masa empezó a cobrar velocidad a medida que rodaba sobre la alfombra y se acercaba a Evan y a Andy.

—Corramos hacia la puerta —sugirió Evan a la niña, mientras retrocedían ante la masa de Sangre de Monstruo.

—Ella no nos dejará pasar nunca —gimió Andy.

—¡Mata a los niños! —repitió Sarabeth, levantando los brazos sobre su cabeza.

—¡Tal vez uno de nosotros pueda pasarle por un lado! —gritó Evan.

—¡Es muy tarde! —lloró Andy.

La masa verde temblaba y se movía; ya se encontraba a pocos pasos de ellos.

—¡Nos... nos va a chupar! —gritó Evan.

—¡Mata a los niños! —ordenó victoriosamente Sarabeth.

28

La masa siguió rodando hacia adelante.

Evan suspiró y sintió que ya no había esperanzas. Estaba petrificado; sentía que no se podía mover porque su cuerpo pesaba una tonelada.

Andy lo tomó de la mano.

Ambos cerraron los ojos y contuvieron el aliento esperando el impacto.

Para sorpresa de ellos, la Sangre de Monstruo emitió un rugido ensordecedor.

Evan abrió los ojos y vio que Andy miraba hacia el lugar donde se encontraba Sarabeth.

La Sangre de Monstruo no era la que había rugido.

—¡Trigger! —gritó Evan.

El enorme perro entró de un salto; su ladrido producía un eco ensordecedor bajo el techo de la casa.

Sarabeth trató de apartarse, pero fue demasiado tarde.

Feliz de ver a Evan, Trigger tropezó con Sarabeth y la empujó. Bajo el peso de las gigantescas patas del perro, Sarabeth perdió el equilibrio y... empezó a caer hacia adelante. Apenas tuvo tiempo de levantar los brazos antes de chocar con la masa de Sangre de Monstruo.

Cuando Sarabeth golpeó la superficie de la masa, se produjo un sonido como un chasquido.

Luego vinieron desagradables sonidos de succión.

Las manos desaparecieron primero. Sarabeth estaba metida hasta los codos.

La masa jalaba fuertemente hasta atraer su cuerpo. Luego chupó la cara de Sarabeth, que desapareció por completo.

Sarabeth no emitió ningún sonido mientras que la masa se la tragó.

El perro, ajeno a lo que acababa de suceder, saltaba de alegría al ver a Evan.

—¡Quieto, perrito! ¡Quieto! —exclamó Evan. Trigger saltaba feliz.

En ese preciso instante el perro empezó a encogerse.

—¡Trigger! —exclamó Evan sorprendido.

Trigger no parecía enterarse de su transformación. Lamía la cara de Evan, que lo abrazaba con fuerza.

En segundos, Trigger recobró el tamaño normal de un cocker spaniel.

—¡Mira, la masa también se está encogiendo! —gritó Andy, apretando a Evan por el hombro.

Evan observó que la masa verde disminuía rápidamente su tamaño.

Cuando se redujo, los hermanos Beymer cayeron al piso.

No se movían. Permanecieron boca abajo, uno encima del otro. Tenían los ojos abiertos, sin vida. Al parecer no respiraban.

Entonces uno parpadeó. Luego el otro hizo lo mismo.

Cerraban y abrían la boca.

—¡Ahhh!

Uno de ellos emitió un largo y profundo gruñido.

Luego se pusieron de pie lentamente y miraron aturdidos a su alrededor.

El petirrojo que la masa había atrapado también cayó al piso. Agitó sus alas y voló enloquecido por la habitación, gorjeando desesperado hasta que encontró una ventana abierta y salió.

Andy no soltaba la mano de Evan, y observaba la Sangre de Monstruo. Esperaban ver reaparecer también a Sarabeth.

Pero Sarabeth no estaba.

Se había esfumado.

La Sangre de Monstruo adquirió su tamaño original; quedó allí sin vida, como una mancha opaca sobre la alfombra; no más grande que una pelota de tenis.

Los hermanos Beymer estaban de pie, indecisos, con ojos de terror y confusión. Se estiraron para sentir sus extremidades y verificar que los músculos aún respondían. Luego huyeron de la casa golpeando con violencia la puerta de tela metálica.

—Todo ha terminado —dijo suavemente Katheryn, mientras se acercaba para abrazar a Evan y a Andy.

—Sarabeth desapareció —dijo Evan apretando a Trigger contra él. Observaba la pequeña porción de Sangre de Monstruo sobre el piso.

—¡Y yo puedo oír! —dijo Katheryn con júbilo y abrazando a los dos—. Sarabeth y sus hechizos se han ido para siempre.

En tanto ella decía esto, la puerta se abrió de un golpe y una silueta oscura entró en la sala.

29

—¡Mamá! —gritó Evan.

Soltó a Trigger y se apresuró a darle la bienvenida a su mamá con un fuerte abrazo.

—¿Qué rayos sucede aquí? —preguntó la señora Ross—. ¿Por qué salieron así ese par de muchachos? ¡Parecían muertos del susto!

—Es... es un poco difícil de explicar —le respondió Evan—. ¡Estoy tan feliz de verte!

También Trigger estaba contento de verla. Cuando el perro terminó de saltar y ladrar, Katheryn llevó a la mamá de Evan a la cocina.

—Te prepararé un poco de té —dijo Katheryn—. Tengo una larga historia que contarte.

—Espero que no sea *muy* larga —dijo la señora Ross mientras se volvía y le daba una mirada a Evan—. Tenemos que tomar un avión a las cuatro de la tarde.

—Mamá, yo creo que esta historia te va a parecer muy interesante —dijo Evan y miró a Andy con una sonrisa.

Las dos mujeres desaparecieron en la cocina.

Agotados, Andy y Evan se tumbaron en el sofá.

—Me imagino que te vas para siempre —dijo Andy.

—Me gustaría... e... escribirte —dijo Evan, que de repente se sintió un poco torpe.

—Sí, bueno —replicó Andy entusiasmada—. Mi papá tiene una tarjeta de crédito para llamadas. Si me das el número, pues... podría llamarte.

—Sí. Perfecto —dijo Evan.

—¿Podría pedirte un pequeño favor? —preguntó Andy.

—Claro que sí —contestó Evan con curiosidad.

—Bueno, te puede parecer extraño —dudó Andy—. Pero, ¿podría... eh... quedarme con el pedacito de Sangre de Monstruo que sobró? ¿Sí? ¿Cómo una especie de recuerdo algo así?

—Claro. Por mí no hay problema —dijo Evan.

Ambos se volvieron a mirar el lugar sobre la alfombra, donde había quedado.

—¡Hey! —gritó Andy sorprendida.

Había desaparecido.